SIMPLICIDADES INSOLÚVEIS

ROBERTO CASATI
ACHILLE VARZI

Simplicidades insolúveis

39 histórias filosóficas

Tradução
Maurício Santana Dias

COMPANHIA DAS LETRAS

Título original
Semplicità insormontabili
39 storie filosofiche

Capa
Angelo Venosa

Imagem da capa
Sem título (1998), de Waltercio Caldas. 40×130×40 cm.
Reprodução de Wilton Montenegro. Coleção particular

Preparação
Guilherme Salgado Rocha

Revisão
Cláudia Cantarin
Roberta Vaiano

Dados Internacionais de Catalogação na Publicação (CIP)
(Câmara Brasileira do Livro, SP, Brasil)

Casati, Roberto
Simplicidades insolúveis : 39 histórias filosóficas / Roberto Casati, Achille Varzi ; tradução Maurício Santana Dias. — São Paulo : Companhia das Letras, 2005.

Título original : Semplicità insormontabili : 39 storie filosofiche.
ISBN 85-359-0749-1

1. Contos italianos 2. Ficção italiana 3. Filosofia Italiana I. Varzi, Achille. II Título.

05-7809 CDD-853

Índices para catálogo sistemático:
1. Ficção : Literatura italiana 853
2. Histórias filosóficas : Literatura italiana 853

[2005]

EDITORA SCHWARCZ LTDA.
Rua Bandeira Paulista 702 cj. 32
04532-002 — São Paulo — SP
Telefone: (11) 3707-3500
Fax: (11) 3707-3501
www.companhiadasletras.com.br

Sumário

As histórias a seguir não são necessariamente verdadeiras. No entanto, elas poderiam *ser verdadeiras, e o Leitor está convidado a refletir sobre o sentido dessa eventualidade. Se mais tarde ele considerar que as coisas não são bem assim, ou que algumas histórias carecem não só do dom da Veracidade, mas também do da Possibilidade, então com certeza estaremos dispostos a fazer uma retirada estratégica. Mas por enquanto continuemos a introduzir o capítulo*

UM

em que o primeiro personagem logo sai de cena após ter resolvido a seu modo um enigma paralisante sobre o Porquê das coisas e da Liberdade humana, e em que também se apresentam alguns notáveis problemas metafísicos ligados à Causa e também ao Tempo, entre eles se é razoável construir uma máquina para viajar ao Passado e se, viajando ao passado, é possível provocar mudanças no Presente; em que, finalmente, os dois personagens principais entram em cena propondo uma modificação incontestável aos princípios da Artilharia.

Quarto 88

"Laura? Oi, sou eu. Acabei de chegar. Depois ligo com calma, quando você voltar do trabalho. A mensagem é só para lhe dizer que a viagem foi boa e que o hotel é mais que decente. O quarto é grande, tem muita luz. Pena que os sons ecoem um pouco (estou ouvindo o eco da minha voz), mas paciência. Agora vou tomar um banho e depois dar um giro pelas redondezas. Quando estava vindo da estação, vi o parque e a praia que se abre para o oceano."

"Oi, Laura, sou eu de novo. Você devia ver o espelho que há neste quarto. É enorme. Ocupa uma parede inteira, de frente para a janela, e dá a impressão de que o ambiente é ainda maior e luminoso. Era assim que você pensava redecorar o estúdio, né? Bem, devo dizer que me parece uma ótima idéia: o quarto parece *realmente* ter o dobro do tamanho. Depois a gente se fala."

"Laura, onde você anda? Recebeu as minhas mensagens? Ainda não saí, talvez seja melhor descansar um pouco. O espelho é absolutamente incrível, você devia ver. Gostaria de saber como conseguiram colocá-lo aqui dentro. Ele não passa pela porta. Talvez ele tenha sido montado *antes* de terminarem as outras paredes. Foi fixado diretamente na parede, sem suportes, e a superfície é perfeitamente limpa, sem nenhum grão de poeira. As imagens são tão nítidas que parecem verdadeiras. Você acha que é possível encontrar um desses aí? Por favor, me ligue assim que voltar."

"Desculpe, sou eu ainda. Espero não entupir a sua secretária eletrônica. O fato é que não consegui dormir: esse espelho me perturba. Observei-o bem de perto, e é simplesmente perfeito. E não é só isso. Botei a mão e não ficou nenhuma marca. Geralmente, quando a gente toca uma superfície de vidro, fica uma marca, né? Mas neste caso é como se eu nem tivesse chegado perto. De que material será feito? Confesso que tentei até arranhá-lo, mas nada. Outra coisa estranha: é impossível escrever neste espelho. Tentei com um pincel atômico. Não acontece nada!"

"Alô, Laura? Agora você vai dizer que estou maluco, mas começo a suspeitar que aquilo não é de fato um espelho. Não existem espelhos assim. Estou começando a achar que ali não há nada, e que o que eu vejo no espelho na verdade é tudo real. É como se houvesse um plano que separasse duas partes absolutamente simétricas do quarto. O problema é que não posso passar para o outro lado e checar, porque sempre esbarro na minha imagem. Aliás, não sei bem como dizer, mas temo que não seja a minha imagem. Temo que seja algum outro absolutamente parecido comigo, que se move exatamente como eu! Mas que brincadeira é essa?!"

"Laura? Laura? A superfície é quente ao tato!"

"Laura, por que você não me liga? Estou de fato preocupado! Fiz mil testes e não tem jeito: aquele sujeito faz exatamente os mesmos movimentos que eu faço. Ele me copia em cada mínimo detalhe. A única diferença é que o que eu faço com a mão direita, o outro faz com a esquerda. E obviamente traz o relógio no outro pulso."

"Não resisto a ligar de novo. Estou aqui há quatro horas e me parece uma vida. Ou talvez devesse dizer: *estamos* aqui há quatro horas. É claro que somos dois. E talvez vocês também sejam duas. Se não, para quem ele estaria ligando neste momento? Estou certo de que não só executamos os mesmos movimentos, mas também temos as mesmas sensações e provavelmente as mesmas ocupações. Laura, não ria, mas estou achando que esse "espelho" é uma espécie de limite invisível que separa dois universos perfeitamente simétricos, o nosso universo e a sua réplica. Agora vou sair e tentar apurar se essa fronteira prossegue do lado de fora ou se é só uma bruxaria deste quarto."

"Oi, sou eu ainda. Não saí porque estou desconfiado. Aqui pelo menos tenho a sensação de estar com a situação sob controle: controlo *todos* os movimentos dele. É como se a minha réplica fosse um fantoche que eu movimento a meu bel-prazer."

"Laura, e se, ao contrário, é ele quem está me controlando? E se sou eu a marionete dele? No entanto, me sinto perfeitamente livre para fazer o que eu quero, como sempre fiz. Sou eu que decido telefonar e deixar todas essas mensagens. Sou eu que decido me virar para o outro lado, se quiser. Será que somos livres e controlados ao mesmo tempo? Laura, por favor, ligue para mim assim que puder!"

"Mas onde você está, Laura? Preciso fazer alguma coisa. Preciso me livrar desse cara aqui. O problema é que não tenho a mínima idéia de como proceder. Tentei sair pela porta e depois voltar, mas obviamente ele fez o mesmo."

"Ele tem uma pistola idêntica à minha. Tentei não pensar que eu gostaria de dar um tiro nele, pois assim ele não pensaria em atirar também em mim. Seja como for, não aconteceria nada, né? Nossos projéteis se encontrariam bem ali, no meio do quarto. Laura, ligue para mim, isso é um verdadeiro pesadelo."

"Laura? Há *um* modo de me livrar dele. *Um* modo só."

De um projeto inútil

Ilustre Comissão Examinadora,

Não é nosso costume contestar as decisões dos árbitros, mas, no caso do nosso pedido de financiamento para um projeto que visa à construção de uma máquina do tempo, parece-nos mais que legítimo fazer uma objeção. A Comissão alega (e a objeção foi julgada definitiva) que o nosso projeto é "interessante no plano da especulação lógico-filosófica", mas "carente de perspectivas no plano das conseqüências aplicativas". Posto que não concordamos com o critério segundo o qual a cientificidade de um projeto deva depender de suas possibilidades aplicativas, causa-nos surpresa que tenha sido precisamente *esse* critério que determinou o indeferimento da nossa solicitação de financiamento. Com toda a franqueza, não conseguimos imaginar um projeto com perspectivas aplicativas mais promissoras que o de uma *máquina do tempo*. Alguns exemplos:

• Incentivos turístico-culturais: poderíamos mandar grupos escolares inteiros para o cenário da Revolução Francesa ou acompanhar a construção das pirâmides ou filmar as aulas de Sócrates.

• Safáris paleontológicos: já recebemos pedidos para uma série de expedições de caça aos dinossauros (de qualquer modo, eles já estão extintos).

• Enormes reduções de custo de superproduções cinematográficas ambientadas em épocas remotas. (Quanto custou, afinal, *O gladiador*?)

• Análise dos erros do passado, para evitar que se repitam.

• Solução de grandes enigmas da história.

Et cetera et cetera. Por acaso há projeto mais promissor no plano aplicativo?

Saudações cordiais,
Centro de Pesquisas *Time Machine*

Ilustre Centro de Pesquisas *Time Machine*,

Seria com certeza interessante poder utilizar uma máquina do tempo para os fins mencionados. Seria louvável voltar ao passado e dar uma bolsa de estudos ao jovem Calígula, de modo a assegurar-lhe uma carreira artística honesta, que o desviasse dos seus propósitos nefastos. Seria magnífico poder deter todas as mãos homicidas que agiram no passado. Contudo, suponhamos que um dia os senhores de fato consigam construir uma máquina do tempo. Suponhamos que os senhores se transportem ao passado, ou que algum dos seus convidados seja enviado para lá. Como se explica que o passado conhecido por nós seja tão cheio de coisas torpes? Como, se chegarem a ir para lá (ou se foram), não intervieram? Das duas, uma: ou a ausência de resultados concretos demonstra que jamais será possível construir tal máquina, ou demonstra que ela não será construída por uma opção de bom senso. No primeiro caso, a lógica recomenda o não-financiamento do projeto; no segundo, a ética.

Cordialmente,
A Comissão

Ilustre Comissão,

Os senhores certamente notaram que os exemplos citados em nossa carta precedente não incluíam nenhuma aplicação que pudesse resultar numa alteração do curso natural dos acontecimentos. Com efeito, o nosso projeto parte da hipótese de que seja possível *visitar* o passado, mas não *modificá-lo*: o que aconteceu, aconteceu. Isso não significa que os nossos viajantes devam limitar-se a assistir ao curso da história sem participar diretamente. Significa apenas que as ações que cumprirão no passado são exatamente as ações que cumpriram, a partir do seu aparecimento inesperado a bordo da máquina do tempo. São ações que eles cumprirão em relação ao tempo subjetivo de suas vidas, mas que foram cumpridas em relação ao relógio objetivo da história. Portanto, a lógica está salva. E também a ética. Se de fato fôssemos encontrar Calígula, nunca conseguiríamos convencê-lo a se tornar pintor. Não conseguiríamos *porque ele não se tornou pintor*. Quanto a isso, não podemos fazer nada.

Saudações cordiais,
Centro de Pesquisas *Time Machine*

Ilustre Centro de Pesquisas *Time Machine*,

Agradecemos os esclarecimentos. Apreciamos a distinção entre modificar o passado (impossível) e agir no passado (possível). No entanto, essa distinção só fez confirmar a nossa impressão inicial: no plano aplicativo, o projeto carece de valor. Se aquele que *for* ao passado *já esteve* lá, e se o que *fará* é o que *já fez*, para que investir numa máquina do tempo?

Cordialmente,
A Comissão

O artista quando jovem

A carreira de Z., o grande poeta do século passado, considerado por muitos o representante máximo da arte lírica contemporânea, constitui-se até hoje num autêntico quebra-cabeça. Os críticos e historiadores nunca souberam explicar como um personagem que passara a adolescência e os primeiros anos da fase adulta vivendo de expedientes tenha um dia sido capaz de mudar de repente o próprio estilo de vida e dedicar-se aos versos que o tornaram famoso. Ninguém nunca soube explicar como Z., descrito como um estudante de contabilidade esquivo, seja o mesmo autor das composições mais reeditadas de todos os tempos. Acreditamos que hoje podemos finalmente aduzir um documento relevante para a solução do enigma. Trata-se de uma carta do próprio Z., de autenticidade incontestável, que traz a data de 8 de maio de 1937, portanto escrita poucos dias antes do momento que a crítica mais autorizada atribui à primeira composição do poeta. Passamos a apresentar o seu conteúdo, fazendo apenas alguns retoques.

Caríssima Lena,

[...] o homem aparece nesta manhã, ao alvorecer, enquanto eu ainda estou na cama. A senhora Lipschytz [dona da pensão onde Z. residia, *N. R.*] deve ter aberto a porta para ele. Diz se chamar [palavra ilegível, *N. R.*]. Veste-se de modo estranho e também fala de maneira meio esquisita: certamente não é destas bandas. Diz que vem do futuro, do século XXIII.

"Do futuro?", pergunto, enquanto, às pressas, abotôo a camisa e calço os chinelos. Explica que viajou numa máquina do tempo, um veículo que permite deslocamentos para a frente e para trás nos anos, assim como os nossos carros permitem deslocamentos de um ponto a outro do espaço. Diz que, no mundo de onde veio, é um renomado estudioso de história da literatura e que escreveu muitos livros, e alguns deles estão na sua bolsa. Diz que dedicou vinte anos da vida ao meu trabalho e está honradíssimo de poder conhecer-me pessoalmente.

Ofereço-lhe uma cadeira e tento arrumar o quarto, porque ele parece incomodado. "Desculpe a confusão", digo. Ele esboça um sorriso e continua a falar, enquanto começa a inspecionar o local. "Vim para entrevistá-lo", afirma. "Na minha época o senhor é considerado o maior de todos os clássicos. Suas poesias constituem um modelo de estilo e criatividade inimitáveis." Poesias? Ele continua: "O colégio onde estudei tem o seu nome. Ruas e praças de cidades de todo o mundo o homenageiam. Jovens e velhos conhecem suas composições de memória e as recitam comovidos. Para mim é uma honra imensa encontrá-lo". Não consigo entender o que ele está falando. "Trouxe-lhe alguns estudos que dediquei ao seu trabalho, sobretudo às obras juvenis. E também trouxe uma cópia da edição crítica das suas obras completas, que eu mesmo organizei."

Tento dizer alguma coisa, mas ele prossegue: "Se o senhor

não se importar, gostaria muitíssimo de ver a sua biblioteca pessoal. Uma das grandes lacunas lamentadas pela crítica e por seus biógrafos diz respeito a esse aspecto da sua formação. Agora o senhor tem vinte anos, não é mesmo? Acredita-se que a sua biblioteca juvenil se perdeu. Por isso gostaria de perguntar-lhe, e espero que não me considere muito indiscreto, quais são os seus autores preferidos e quais os textos que mais admira". Mostro-lhe os meus livros. São autores que parecem não significar nada para ele. Vejo que faz anotações, mas parece decepcionado. "De qualquer modo, o senhor deve ter mestres de estilo, autores nos quais se inspirou. Foi justamente para esclarecer esse aspecto da sua carreira que vim visitá-lo. Espero que não me considere excessivamente indiscreto: todas as pesquisas se revelaram infrutíferas nesse ponto." Digo-lhe que a visita não me perturba, ao contrário, me deixa muito curioso, mas que ele deve ter se enganado de pessoa. Entretanto, abre um dos seus livros e lê para mim frases em que efetivamente se narram fatos que aconteceram, anos atrás, comigo e com meus irmãos. Também mostra fotos e, com efeito, sou eu que apareço nelas. Há até uma em que estou vestido com a mesma calça e a mesma camisa que uso neste preciso momento em que ele me fala, sentado à mesa, com um livro aberto na minha frente. Ergo os olhos para perguntar quem fez aquela foto, e um brilho me cega. "Desculpe o flash", diz ele, recolocando na bolsa o estranho aparelho que disparara aquela luz.

Preparo um café enquanto ele se levanta e começa a olhar em volta, perscrutando a desordem. "Incomoda-se se eu der uma olhada nos outros cômodos? Sabe, o tempo de que disponho é curtíssimo, e gostaria de poder recolher todo o material possível." Peço que me explique melhor essa história, mas ele continua: "Fiz uma viagem bem complicada para vir conhecê-lo. Se o senhor pelo menos pudesse me mostrar algum apontamento seu, algum esboço, uma poesia de gaveta. Não imagina quanto o público de todo o mundo adoraria conhecer um material inédito". Obviamente só tenho aqui uns apontamentos sem grande importância, mas, para contentá-lo, eu os mostro a ele. Também lhe passo o poeminha que escrevi no seu aniversário, Lena. Ele lê em silêncio e me devolve o papel sem fazer comentários.

Parece ter pressa. Está impaciente. Depois se levanta de repente e sai correndo pela porta, sem nem mesmo se despedir. Realmente, uma figura estranha. O fato é que esqueceu a bolsa. E também os livros. Comecei a folheá-los, e são bem curiosos. Falam de mim, ou de alguém que tem o meu nome. Dizem que a certa altura comecei a escrever poesias esplêndidas. Li algumas e devo dizer que são muito intensas e comoventes. E seria eu o autor daqueles textos? Teria feito aqueles versos?

Lena querida, pensei longamente depois que o meu hóspede foi embora. Se é isso o que dizem as gerações futuras, e se aquele sou eu, quer dizer que foi assim, não acha? Ou melhor, quer dizer que será assim. Se de fato escrevi todas aquelas coisas, quer dizer que as escreverei. Aqui se diz que ainda viverei muito, portanto tempo é que não me falta. Nem me faltam caneta e papel. O que não consigo entender é o que devo fazer para compor poesias tão bonitas como aquelas que li nas *minhas* "Obras completas". Pronto, vou copiar a primeira para você, para que veja de que estou falando [...].

A cadeia que leva ao gol

ELE [*Apoiando nos joelhos o jornal que estava lendo*] Sempre tive problemas com a real autoria dos gols. Acho as regras injustas e meio mentirosas. Aldo faz uma jogada genial, dribla quase todos, é derrubado, se gira heroicamente e de uma posição impossível dá um chute indefensável. A bola termina na rede, mas só depois de ter sido desviada por Bruno, zagueiro do time adversário.

ELA Gol contra.

ELE Isso mesmo: é o que diz a regra, e o fato passará para a história como um erro de Bruno. Pouco depois, Aldo deixa para trás uma fileira de adversários na lateral, é derrubado, se levanta e, num lance antológico, dispara na diagonal. De novo a bola termina na rede, mas só depois de ter batido nas costas do seu companheiro de time, Carlo, que estava ali por engano. Gol de Carlo e bola no meio-de-campo.

ELA Na verdade, as coisas não são exatamente assim. Não conheço bem as regras, mas imagino que o bom senso recomende algo do tipo: primeiro, se o chute de Aldo tinha mesmo endereço certo, então o gol é atribuído a Aldo mesmo que a bola seja desviada por um zagueiro ou por um outro atacante; segundo, se, no entanto, o disparo de Aldo ia para fora do alvo, e a bola entra na rede só por causa do desvio, então se deve considerar gol contra de Bruno (no primeiro caso) ou gol regular de Carlo (na segunda circunstância), independentemente da intervenção ter sido voluntária ou não. Deixemos de lado a primeira hipótese, que provavelmente requer várias considerações. Parece fora de dúvida o segundo caso: se não tivesse havido o desvio, a bola teria saído pela linha de fundo. Portanto, apesar de Aldo ter feito todo o trabalho, o gol não pode ser atribuído a ele porque a bola não entraria na rede se não fosse a intervenção, ainda que involuntária, de Bruno ou de Carlo.

ELE Um momento. É verdade que a bola não teria entrado se não houvesse o desvio. Mas também é verdade que a bola não teria entrado se não tivesse existido o chute.

ELA Se é assim, quer dizer que há algo errado nas nossas intuições sobre conceitos importantes como o de responsabilidade ou de causalidade. Pense um pouco. O que significa dizer que uma pessoa é responsável por um incidente? Significa que, *se* não tivesse feito o que fez, o incidente não teria ocorrido. O que entendemos quando dizemos que um evento produziu um outro? Queremos afirmar que, se o primeiro não tivesse ocorrido, tampouco o segundo aconteceria. Até aqui tudo bem. Mas o que dizer quando o elo entre as ações (ou os eventos) e suas conseqüências não é tão simples e linear? Se não tivesse havido o desvio, o gol não existiria. Mas, como você disse, o gol tampouco teria existido se não fosse o chute. E então? De quem é a responsabilidade (ou o mérito)?

ELE Exato. Porém, se recuarmos muito na cadeia das responsabilidades, terminaremos invocando o bisavô do atacante. Nada de bisavô, nada de gol.

ELA Imagine que as coisas sejam assim. Aldo dá um chute

em direção ao gol. Na frente dele, um atrás do outro, em fila indiana, estão Bruno e Carlo. A bola bate em Bruno e sai pela linha de fundo. Mas, mesmo se Bruno não tivesse chegado a tempo, o tiro teria sido desviado involuntariamente por Carlo. O que dizer neste caso? Diríamos que Bruno evitou o gol?

ELE Parece que não, pois a bola bateria no corpo de Carlo.

ELA Por outro lado, com certeza não diríamos que Carlo evitou que a bola terminasse na rede: no fundo, ele não fez nada.

ELE Mas então quem atrapalhou o chute de Aldo?

ELA Casos como esses são sintomas de uma tensão conceitual profunda. Ando debaixo da chuva com uma sombrinha. Tenho um capuz na cabeça. A quem devo agradecer por minha nuca seca? Não à sombrinha, pois estou com o capuz. Mas tampouco ao capuz, porque estou sob a sombrinha. Ou então: Aldo atira uma pedra contra uma vitrine e Bruno a intercepta no ar. Os proprietários da loja gostariam de agradecer a Bruno, mas atrás dele estava Carlo, e é evidente que a pedra atingiria Carlo antes de acertar a vitrine. A quem devem agradecer? No fundo, Carlo não fez absolutamente nada. Aliás, ele deveria agradecer a Bruno por protegê-lo da pedrada. Mas não foi Bruno quem salvou a vitrine.

ELE Imagino que complicações desse tipo não sejam raras nas disputas legais.

ELA Porém, o problema é mais teórico do que prático. São situações em que não saberíamos o que dizer.

ELE Por que não cortar o nó górdio? Agradecemos a Bruno e a Carlo. Agradecemos à sombrinha e ao capuz, ou melhor, à dupla constituída pelo capuz e a parte da sombrinha que protege o capuz.

ELA Não tenho certeza de que seja uma boa sugestão, porque toda solução gordiana é complicada. Elas acabam desagradando a todos.

ELE Mas pelo menos podemos usá-la para resolver aquelas aparentes injustiças na lista dos artilheiros. Classifiquemos *ex aequo* os gols desviados. Se o chute de alguém terminar na rede, em seguida ao desvio de alguém, digamos que ambos fizeram a sua parte. Meio gol por cabeça, para o bem e para o mal.

Talvez tenha causado estranheza a aproximação de situações tão distantes do nosso modo de ser (mundos duplicados, viagens no tempo) à cotidianidade da Artilharia. No entanto, nas aventuras dos nossos personagens aparece um problema comum, ou seja, o da Causa e do Efeito, declinado em vários aspectos. O infeliz que deixa mensagens desconcertantes na secretária da amiga não está tão equivocado ao se perguntar se as suas ações são causadas por suas intenções ou, ao contrário, pelas intenções do seu duplo: o que poderia ajudá-lo a decidir? Antes de começar a fantasiar sobre o que se faria se fosse possível viajar no tempo, seria necessário pensar no que se pode *fazer: que efeito as nossas ações podem ter, se o antes vier depois, e o depois, antes? De modo arbitrário, ele e ela decidem resolver o problema das causas múltiplas com uma solução pela metade, deixando muitas pessoas insatisfeitas. Mas de onde vem a insatisfação? Será que o nosso conceito de causalidade foi surpreendido por esses casos? As dúvidas com que nos deparamos circularão silenciosamente em muito do que virá. A filosofia nasce com freqüência de tensões conceituais, ou melhor, da dificuldade de apli-*

car a situações novas ou estranhas os conceitos que sabemos manejar em muitas circunstâncias normais da vida. É preciso saber degustar a elasticidade da trama dos conceitos, mas para isso às vezes é necessário inventar cenários fantásticos, em que esses conceitos são levados ao extremo. Portanto, passemos ao capítulo

DOIS

em que velhos e novos personagens descobrem que a Mente é uma entidade fugidia; que podem falar durante o sono e confundir o interlocutor, que não saberá dizer se estão Conscientes ou não; que os gostos podem ser tudo, mas não são fáceis de definir; que sem memória talvez não seja mais possível falar de Responsabilidade nem de Pessoas; e em que comparece o inquietante personagem Abelhudo, que demonstra quanto o Cérebro é ainda mais fugidio do que a Mente, a ponto de quase convencer que num transplante seja melhor doá-lo do que recebê-lo.

Sonífero Zumbi SPA

[VOZ DO COMISSÁRIO] Apertem os cintos de segurança.

ELE [*Levantando-se gentilmente da poltrona*] Pode passar, por favor. Estas poltronas são mesmo desconfortáveis.

SENHORA Obrigada. Odeio viagens de avião. [*Abre a bolsinha*] Vou tomar um comprido agora.

ELE "Sonífero Zumbi"? Parece potente. Acho que a nossa conversa termina aqui... Quer que a acorde quando aterrissarmos?

SENHORA Não, não se preocupe. Este sonífero apaga a consciência, mas não interfere nas outras funções intelectuais e físicas: poderei falar com o senhor, ver o filme, preencher os formulários de imigração. É um bom meio de suportar o avião sem desmoronar feito um saco de batatas.

ELE Como assim? Quando se perde a consciência não se dorme profundamente?

SENHORA Isso é o que ocorre do *meu* ponto de vista. O comprimido faz o efeito dele, blecaute completo, e a luz só volta quando o efeito termina. Mas do *seu* ponto de vista nada muda. Eu continuo a falar, a responder de modo sensato, até a fazer perguntas, e o senhor nem percebe a diferença.

ELE Não entendo como seja possível.

SENHORA Há uma ampla literatura filosófica dedicada aos zumbis: criaturas imaginárias que, para todos os efeitos, se comportam como pessoas comuns, mesmo não tendo a luz da consciência. A nossa empresa se apropriou da idéia e investiu milhões para patentear o Sonífero Zumbi. Veja, a consciência é um fenômeno muito instável, uma espuma sobre as profundidades oceânicas da mente. Se o senhor tirar a espuma, as ondas não mudarão. A mente continua a funcionar mesmo sem a consciência. No fundo, o cérebro é uma máquina que elabora informações: como estou de olhos abertos, o meu cérebro continua a registrar informações, a elaborá-las e a controlar as minhas ações e decisões. A única diferença é que de nenhuma parte da minha mente é projetado o filme da consciência, que na verdade é um luxo, um capricho estético, como dizia, uma leve espuma sobre a superfície de um oceano profundíssimo e insondável.

ELE De fato, eu já li que apenas nós, seres humanos, temos o privilégio da consciência. Para Descartes, cães e gatos seriam um tipo de autômato: exatamente como os zumbis.

SENHORA O que não nos impede de tratá-los de modo diferente do que trataríamos um robô. E note que o senhor também está me tratando de modo perfeitamente normal, não como se eu fosse um zumbi.

ELE Desculpe-me, mas em quanto tempo o sonífero faz efeito?

SENHORA Oh, o efeito é imediato. Perdi a consciência assim que o tomei. O senhor pode não perceber, mas estou dormindo como uma pedra.

ELE Quer dizer que a senhora está falando comigo no sono? Ou está sonhando que fala comigo?

SENHORA Sonhar? Não se trata disso, do contrário voltaríamos ao ponto de partida. O meu sonho não se distinguiria da realidade (o próprio Descartes dizia que ele é uma forma de consciência), e então para que tomar sonífero? Veja, neste momento minha mente deve estar na escuridão total.

ELE Não sei se quero continuar esta conversa. Mas como a senhora pode saber se está dormindo ou acordada?

SENHORA Sei que o Sonífero Zumbi é um bom produto. Portanto, tenho todas as razões para afirmar que, neste momento, estou fora da consciência, mergulhada num sono sem sonhos (tome, leia o folheto ilustrativo). Mas, como lhe disse, isso não tem nenhum efeito nas interações que estabeleço com o mundo ao meu redor. Estou sendo maçante? Não é minha intenção.

ELE Não, imagine. Mas, diga, já faz muito tempo que trabalha para o Sonífero Zumbi SPA?

SENHORA Há alguns anos, por quê?

ELE Eu me pergunto se o produto teve sucesso. Nas minhas leituras, tenho visto muitos que pensam que a consciência é um mal. Não só nas viagens de avião: há várias circunstâncias na vida em que gostaríamos de não estar conscientes do que se passa, e não me espantaria saber que vocês têm muitos clientes.

SENHORA Oh, temos inúmeros. Ao subir no avião, notei que até os pilotos tinham uma boa provisão do nosso produto. Eu os entendo: deve ser um tédio atravessar o oceano quatro vezes por mês.

ELE Como?! Este avião está sendo pilotado por dois zumbis?

SENHORA Não se preocupe. O remédio foi testado e autorizado por todas as autoridades sanitárias do mundo. Aliás, já que o senhor está um tanto agitado, por que não toma um comprimido?

ELE Obrigado, eu aceito. Então daqui a pouco começaremos uma conversa entre dois zumbis. Talvez seja o caso de fazer umas anotações, se eu quiser me lembrar do que falamos.

SENHORA Mas não é necessário! O Sonífero Zumbi tira os

efeitos da consciência presente, mas permite registrar as experiências de modo que elas possam ser *recordadas* em seguida. Quando acordarmos, não seremos dois estranhos, e sim duas pessoas que passaram uma tarde agradável falando de filosofia. Além disso, se não houvesse a recordação, não teríamos nenhum meio de usar os eventos da vida para construir a nossa identidade pessoal.

Amnésia parcial

DE: M. ROSSI, DETENTO
PARA: DIREÇÃO DO CÁRCERE

Prezadíssimo Diretor, permita-me importuná-lo novamente a fim de reiterar a minha solicitação (veja as minhas cartas dos dias 10 e 21 de fevereiro passado). Há quanto tempo e por qual motivo estou detido neste cárcere? Como lhe expliquei, por mais estranho que possa parecer, não consigo me lembrar nem do crime de que sou acusado nem da data da minha condenação. Por gentileza, poderia me ajudar?

REMETENTE: MÉDICO OFICIAL
PARA: DIREÇÃO DA PENITENCIÁRIA DE BELLAVISTA

Certifica-se que o senhor M. Rossi, detido nesta penitenciária pelo escândalo Verdi, em seguida ao ocorrido sofreu uma grave perda de memória. Trata-se de um caso de amnésia irreversível no que diz respeito a todos os eventos relativos ao delito pelo qual

Rossi cumpre pena, bem como a alguns fatos associados ao processo e à condenação. De resto, todas as suas funções intelectuais e emocionais permanecem inalteradas.

"GAZETA LOCAL", DO NOSSO ENVIADO

Na Penitenciária de Bellavista surgiu um interessante problema deontológico. M. Rossi, condenado por sua implicação no caso Verdi, teria perdido a memória do próprio crime. No período de detenção, Rossi teria demonstrado claros sinais de arrependimento, pedindo perdão várias vezes por suas ações. Detento exemplar, Rossi chegou a promover uma iniciativa denominada "Poder da lembrança", que se propõe a ajudar os presos a se reinserir na sociedade graças a uma reelaboração da memória dos próprios crimes. A direção do cárcere está avaliando como proceder. Até o momento, ainda não foram comunicadas a Rossi as razões de sua detenção, a fim de evitar novas conseqüências traumáticas.

DE: L. VERDI

PARA: DIREÇÃO DA PENITENCIÁRIA DE BELLAVISTA

Ilustre Direção, chegou-me a notícia de que não estariam sendo revelados ao detento M. Rossi os motivos da sua reclusão. Creio que seja o caso de refrescar-lhe a memória. Esse indivíduo cometeu atos ignominiosos, que macularam o nome da minha família, e não acho justo que o fardo da recordação deva ser carregado apenas por nós. Por acaso Rossi é hoje uma pessoa diferente da que cometeu o delito só porque agora se esqueceu das próprias ações? Também esqueci muitos episódios da minha vida passada, mas ninguém imaginaria considerar-me uma outra pessoa. A idéia de que a identidade pessoal depende da memória das experiências passadas é uma interessante teoria dos filósofos empiristas, mas aqui não estamos nos bancos escolares.

DE: S. VERDI
PARA: DIREÇÃO DA PENITENCIÁRIA

Caríssimo Diretor, escrevo-lhe para manifestar total apoio ao pedido de indulto para o senhor M. Rossi, réu confesso dos delitos que levaram ao escândalo que envolveu a minha família há dois anos, em agosto. Se bem entendi, a perícia médica estabeleceu sem sombra de dúvida que o senhor Rossi perdeu irreversivelmente a memória do delito por causa de uma subseqüente amnésia. Sendo assim, acho cruel e injusto condená-lo a expiar uma pena por um acontecimento de que a sua mente não conserva nenhum vestígio. Desse ponto de vista, o senhor Rossi não é diferente de qualquer pessoa que, sem ter cometido nenhum crime, acordasse de repente numa prisão e fosse forçada a cumprir uma sentença inexplicável para ela.

DE: M. ROSSI, DETENTO
PARA: DIREÇÃO

Prezado Diretor, ao ter tomado conhecimento, não obstante a sua digníssima discrição, do meu estado de amnésia e também das razões da minha detenção, decidi expressar o meu desejo de cumprir até os últimos dias a sentença que me coube. Isso porque as informações que obtive são a meu ver suficientes para que eu me considere culpado e, como tal, na obrigação de cumprir a pena, embora continue sem ter nenhuma memória dos delitos que eu teria cometido. De fato, não penso que a memória seja o único critério a definir a identidade de uma pessoa, nem que o sujeito seja o árbitro final dos fatos que lhe dizem respeito. Existem condições objetivas de conhecimento e de responsabilidade que extrapolam o que está em poder do sujeito ou a sua capacidade de memória.

DE: DEPARTAMENTO JURÍDICO DA PRESIDÊNCIA

Quanto ao pedido de indulto referente ao detento M. Rossi: Com base nas considerações acerca da identidade pessoal, é razoável pressupor que a condenação não deva depender das condições psicológicas do sujeito sucessivas ao ato, mas só das condições concomitantes (p. ex., incapacidade de entendimento). É igualmente razoável pressupor que a condenação perde o seu valor se não for associada, por parte do detento, a uma memória do ato criminoso, haja vista que em tais circunstâncias as próprias condições de identidade pessoal se tornam incertas. Na ausência de um cânone preciso de referência, este departamento se considera incapaz de deliberar sobre o caso Rossi. Solicita-se, pois, um aprofundamento dos critérios que determinarão as condições de identidade pessoal relevantes para os fins de aplicação do Código Penal.

Transplante de pessoa

ELE [*Parando em frente a um portão*] Que dor de cabeça! [*Ansioso, lê a placa*] "Clínica Zoom. Transplantes. Qualquer órgão". *Qualquer* órgão? É isso mesmo o que eu quero. [*Entra*] Bom dia.

ENFERMEIRO O que deseja?

ELE Vocês fazem transplantes, não é?

ENFERMEIRO Sim. É a nossa especialidade.

ELE E de qualquer órgão, pelo que pude entender.

ENFERMEIRO Exatamente. Estamos entre os poucos centros do mundo que podem orgulhar-se de um serviço abrangente. Mais de duzentos órgãos: vitais e auxiliares, internos e externos... é só escolher. Aqui está a lista completa.

ELE Vocês também fazem transplante de cérebro? Gostaria muito de transplantar o meu.

ENFERMEIRO Naturalmente. É só preencher este formulário. Data de nascimento etc.

ELE [*Pega o formulário e começa a preenchê-lo*] Profissão... endereço... e o que eu ponho aqui?

ENFERMEIRO Pois não, estou aqui para ajudá-lo.

ELE Perguntam se quero ser *doador* ou *receptor*.

ENFERMEIRO Sim, o senhor precisa escolher. No primeiro caso, o seu cérebro é posto à disposição de quem o desejar. No segundo caso, é o senhor quem solicita um cérebro novo, a escolher entre os atualmente disponíveis.

ELE Bem, quem sabe... Há muita diferença de preço?

ENFERMEIRO Se o senhor é o doador, deve pagar um milhão. Se é o receptor, nós lhe damos um milhão.

ELE Incrível! Sempre tenho dores de cabeça terríveis, e por isso aceito de bom grado um cérebro diferente do meu. Além disso, um milhão vem a calhar! Então me inscreverei como *receptor*.

ENFERMEIRO Excelente. Assine aqui...

ABELHUDO [*Vem de uma saleta lateral, entra sem bater*] Espere.

ENFERMEIRO Como? O que deseja?

ABELHUDO Quero dizer, pense bem.

ELE Em quê?

ABELHUDO No fato de que lhe pagam como receptor, e não como doador. Desde quando alguém paga para dar uma coisa e é pago para recebê-la?

ENFERMEIRO Bem, às vezes acontece. Por exemplo, existe uma taxa de lixo: o cidadão paga para dar os dejetos; e o município é pago para recebê-los.

ELE Bem lembrado. É por isso que devem me pagar: se eu fosse o que paga, o meu cérebro seria como um dejeto, não?

ABELHUDO Não arrisque comparações tão ousadas. De qualquer modo... [*Toca o telefone*]

ENFERMEIRO Clínica Zoom, boa tarde... pois não... um transplante de cérebro? Como doador? Perfeitamente... já providenciou o pagamento? Sim, neste exato momento há um receptor na clínica... posso perguntar a ele? Claro... obrigado e boa tarde [*Desliga*].

ELE Se entendi bem, tenho um doador?

ENFERMEIRO Correto. Se o senhor estiver de acordo, poderíamos fazer tudo amanhã. O senhor deixa a clínica com um milhão no bolso e um cérebro novinho em folha.

ABELHUDO Que nada! Pense antes: o que significa ter um cérebro novinho em folha?

ELE Imagino que seja como ter um fígado novinho em folha. Ou um coração novinho em folha. Ou um braço esquerdo novinho em folha.

ENFERMEIRO Ah, tudo novinho em folha! A Clínica Zoom transplanta tudo!

ABELHUDO Justamente. Porém, se ele for todo transplantado, o que restará dele?

ELE Na verdade eu não quero transplantar tudo. Só quero um novo cérebro.

ABELHUDO Pense a coisa nesses termos. Se lhe transplantassem tudo, menos o cérebro, não seria como se o colocassem num corpo diferente?

ELE De fato...

ABELHUDO Então seria como se o senhor fosse um doador de cérebro. Portanto, voltando ao nosso caso, o seu doador de cérebro se torna automaticamente um receptor do corpo que o senhor está pondo à disposição. Assim, ao concordar em receber um cérebro novo, o senhor se torna imediatamente um doador de todo o seu corpo.

ELE Hein? Eu não estou assinando para doar o meu corpo. Mesmo porque isso me custaria uma fortuna!

ENFERMEIRO Oh, quantas histórias. Assine aqui e não pense mais nisso.

ABELHUDO Deixe o dinheiro pra lá! O cérebro não é um

órgão qualquer. O cérebro é o senhor em pessoa. Não se prive de si tão facilmente!

ELE Eu sou o meu cérebro? Isso é o que dizem filósofos e cientistas de orientação materialista, o que não quer dizer que eu concorde. Não sei o que a Clínica Zoom pensa a respeito.

ENFERMEIRO É sempre possível fazer o transplante de uma parte do cérebro agora e deixar a parte remanescente para um segundo momento. Nossa clínica considera os dois hemisférios cerebrais como órgãos distintos. Vejo na nossa tabela que estamos pagando meio milhão para cada hemisfério, de modo que o total seria de um milhão.

ELE Então façamos assim!

ABELHUDO Pense bem. Se o senhor sobreviver ao transplante do primeiro hemisfério, quer dizer que a sua personalidade se identifica com a outra metade. Caso contrário, ao final da cirurgia, o senhor deixaria de existir e daria lugar a *uma outra pessoa*. Mas aí voltamos ao ponto de partida: substituir uma metade do próprio cérebro equivale a doar todo o resto do corpo.

ENFERMEIRO Fizemos transplantes parciais de cérebro dos dois tipos: do hemisfério direito e do esquerdo. E posso assegurar-lhe que em ambos os casos os nossos pacientes sobreviveram perfeitamente.

ABELHUDO Não sei se temos a mesma idéia sobre o significado do termo "sobreviver". Suponhamos que seja como o senhor está dizendo. Nesse caso, podemos deduzir que, independentemente de qual hemisfério seja transplantado antes, a operação equivale à doação de todo o resto do corpo.

ELE Acabaria pagando duas vezes pela doação do corpo em troca de um único cérebro. Nem pensar! [*Pausa*] E se eu solicitasse um transplante simultâneo dos dois hemisférios, mas de doadores diferentes? Desse modo, nenhum dos dois doadores poderia reivindicar o direito de receber todo o meu corpo, e eu só lucraria!

ENFERMEIRO Sim, me parece uma solução.

ELE Então está feito. Onde devo assinar?

ABELHUDO Eu acho uma péssima solução. Vá por mim. O cérebro não é um órgão qualquer, não adianta buscar alternativas: é o senhor em pessoa. Antes de trocá-lo, aprenda a usá-lo.

Os sabores do sorvete

ELE Como está o seu sorvete?

ELA Bom. Pistache e morango. E o seu?

ELE Morango e pistache.

ELA Mas não é a mesma coisa?

ELE Quase. Você tem pistache e morango. Eu, morango e pistache. Feche os olhos, experimente o gosto do morango.

ELA [*Obedece, prova*] Mas isto é pistache!

ELE Eu disse que eram sorvetes diferentes.

ELA Ora. Você me fez fechar os olhos e me enganou; disse morango, e era pistache.

ELE Nada disso. Veja, experimente o sabor verde e me diga se não tem gosto de morango.

ELA Ah, não, me desculpe: o verde é pistache!

ELE É o que todos dizem. Mas o meu gosto me diz que o verde é morango e o vermelho é pistache. Já para você, o vermelho é morango e o verde é pistache, certo?

ELA Será que usaram corantes trocados no seu sorvete?

ELE Não: pegamos do mesmo pote de sorvete.

ELA [*Sacudindo a casquinha que tem na mão, quase derrubando o sorvete*] Vamos ver se entendo. Não é uma brincadeira? Está sinceramente dizendo que o *gosto verde* é morango para você e pistache para mim?

ELE E vice-versa, para você o gosto vermelho é morango e, para mim, pistache.

ELA Mas não é só uma questão de nomes? Vai ver que quando você era pequeno lhe ensinaram a chamar "gosto de morango" aquilo que a mim ensinaram que era "gosto de pistache" e vice-versa.

ELE Devo ter tido pais bastante cruéis, não acha? Até porque isso vai além de morangos e pistaches.

ELA Quer dizer que...

ELE Quero dizer que aquelas coisas amarelas e suculentas que para você têm gosto de laranja, para mim têm gosto de groselha; e as coisas azuis e pequenas, groselhas para você, para mim têm gosto de laranja. (Por isso gosto de pôr groselha nos pistaches: assim tenho a impressão de saborear morangos com laranja.)

ELA [*Espantadíssima*] Acho que você está se enganando em alguma coisa...

ELE Como?! Erro em todos os sabores?

ELA Não, não queria dizer isso. Há algo de errado em toda a nossa discussão. Você me diz que não teve pais cruéis. Ensinaram-lhe a língua assim como os meus, não é? Então eles lhe davam um sorvete de pistache e lhe diziam "tem gosto de pistache".

ELE Exatamente.

ELA E você sentia um certo gosto ao saborear aquele sorvete, certo? E chamava esse sabor de "pistache", não é?

ELE Sim.

ELA E por que agora você o chama de "morango"?

ELE Porque nesse meio-tempo mudou tudo! À medida que fui crescendo, os gostos se inverteram. Os morangos começaram a ter gosto de pistache, e as laranjas, de groselha. Sem mais nem menos. Nada de grave: em certo sentido, foi até engraçado. Experimento novas associações.

ELA Mas como eu posso ter certeza de que você não está inventando uma história?

ELE [*Assume um ar compungido*]

ELA Desculpe, não me leve a mal, acredito em você. Só estava bancando a cética.

ELE [*Ainda magoado*] Sinto-me lisonjeado.

ELA Sempre pensei que, quando os filósofos falam sobre essas coisas, se limitam a imaginar situações possíveis. Estou surpresa de descobrir que não é assim... Espere. Mas você ainda está triste!

ELE Estava pensando que eu talvez tenha me enganado de verdade. Talvez eu não tenha sofrido uma inversão de gostos.

ELA Em que sentido?

ELE Talvez eu não me lembre bem dos gostos que sentia quando era pequeno. Quem sabe toda essa história não passa de uma ilusão da memória: não foram os gostos que se inverteram, mas as lembranças. Tenho a *impressão* de recordar que o sorvete de morango tinha no passado um gosto diferente do que tem agora.

ELA Posso acreditar na sua palavra quando me diz que os seus gostos se inverteram. Posso vencer o ceticismo que sempre acompanha a nossa idéia das mentes alheias. Mas não sei como *você* poderá vencer o ceticismo relativo às suas lembranças.

ELE Meu sorvete até já derreteu.

ELA O meu também... Não faz mal, os dois gostos se misturaram, e não há mais o problema de distingui-los. Agora pelo menos podemos ter a certeza de que os nossos dois sorvetes têm o mesmo sabor.

Portanto, talvez seja útil ao Leitor, caso a sua companheira ocasional de viagem não possua uma vida subjetiva, interior, descobrir que ele pode continuar a tratá-la normalmente como uma pessoa. Mas, se isso obrigasse o Leitor a rever suas opiniões sobre as Pessoas, não seríamos nós a nos opor. Aliás, foi para aumentar a dose que publicamos a correspondência do prisioneiro amnésico, em que a tensão conceitual entre ter um passado e conhecê-lo nos coloca diante de um dilema dramático justamente ao atribuir a Responsabilidade que parece tão importante para o conceito de Pessoa. No entanto, não gozaria da nossa indulgência quem tentasse definir o mesmo conceito prescindindo do Cérebro, como parecem pensar na Clínica Zoom: por isso consideramos sacrossantas as admoestações do impetuoso Abelhudo. E não poderíamos senão sentir compaixão por quem se obstinasse a buscar critérios internos, puramente subjetivos, para verificar as próprias intuições sobre a Subjetividade, tendo ao final que se contentar com um sorvete derretido como prêmio de consolação. O que bem poderia servir de preâmbulo ao capítulo

TRÊS

em que o Acaso irrompe na vida cotidiana e bagunça todas as tentativas dos nossos personagens de nela pôr Ordem, distraídos que estão pela imagem elegante que fazem de si mesmos e de toda a História.

O jogo da loto na cidade do Avesso

ELE [*Desce do ônibus e se dirige ao bar, de onde sai uma senhora com ar satisfeito. Ele a interroga*] Desculpe-me, aqui também aceitam apostas na loto?

SENHORA Claro.

ELE Então vou me apressar. Sou um verdadeiro aficionado: gosto muito de tentar a sorte. Acho que a senhora me entende...

SENHORA Eu também jogo, mas sobretudo por necessidade. Agora, por exemplo: precisava comprar selos, e para isso necessitava de três euros.

ELE Suponho que, se a senhora for uma vencedora de sorte, como me parece que é o caso, deve ter embolsado bem mais de três euros e estar muito satisfeita...

SENHORA Vencer? Em que sentido? Estou satisfeita em não perder.

ELE Perder? Em que sentido? Como se pode perder na loteria?

SENHORA De onde eu venho, os bilhetes são pretos sobre fundo branco, mas noto que o bilhete que está saindo do seu bolso é branco sobre fundo preto. Agora entendo. Vejo que o senhor vem de Direito, onde se compram bilhetes para jogar e às vezes se ganha. Mas aqui estamos em Avesso, onde se recebe dinheiro do Estado para tentar a sorte e às vezes se perde.

ELE Extraordinário, não sabia da existência desse modo de desafiar o destino. Como funciona?

SENHORA É muito simples. Basta ir ao banco da MegaLoto e pedir um bilhete do Raspe e Ganhe. Junto com o bilhete vem um euro. O senhor raspa e vê se perdeu.

ELE E se perdi?

SENHORA Paga, naturalmente.

ELE Quanto?

SENHORA Depende do que está escrito no bilhete.

ELE Mas... E se estiver escrito que perdi muito?

SENHORA Se perdeu muito, pagará muito, é óbvio. Parece-me que o máximo é um milhão.

ELE Um milhão! Mas que loucura! Por que alguém se arriscaria a acabar na miséria só para embolsar um euro?

SENHORA Não vejo nada de estranho. O jogo aqui funciona assim.

ABELHUDO [*Atrás do balcão do bar*] Permitam-me observar que a inserção de um elemento de risco foi o tema que inspirou *A loteria em Babilônia*, de Borges, em que todos os habitantes daquela cidade fabulosa colocavam a própria existência sob a égide da sorte e do azar. Era um modo de temperar a vida.

ELE Temperar a vida? Acho terrível arriscar-se a perder tudo para poder comprar uns poucos selos.

ABELHUDO [*Com ar pomposo*] Joga-se para vencer, mas é mais divertido quando a vitória comporta certos riscos. O verdadeiro jogador é aquele que, contemplando o próprio butim, pode fazer suas as palavras de Ulrich von Hutten: "Eu arrisquei!".

ELE Pode ser, mas para mim isso não passa de simples loucura. Uma verdadeira roleta-russa.

SENHORA Veja, nós, de Avesso, vemos a coisa exatamente ao contrário (é claro). Achamos o *seu* jogo uma maluquice.

ELE Perdão, em que sentido?

SENHORA É verdade que aqui, em raríssimas ocasiões, uma pessoa pode ter um lance de azar e perder dinheiro, até somas elevadas, mas a esmagadora maioria dos nossos bilhetes não traz nenhum prejuízo. Aliás, quase sempre se ganha um euro. Está vendo? Eu precisava de três euros para os selos e adquiri três bilhetes. Como eu previa, neles está escrito: "Você não perdeu nada!".

ELE Já onde eu moro...

SENHORA É verdade que lá, em raríssimas ocasiões, uma pessoa pode ter um lance de sorte e ganhar dinheiro, até somas elevadas, mas a esmagadora maioria dos seus bilhetes não traz nenhuma fortuna. Aliás, quase sempre se perde um euro. Deixe-me ver o seu bilhete... aqui está: "Tente de novo, você terá mais sorte". Não lhe disse? Lá, onde o senhor mora, todos os dias milhares de pessoas perdem um euro só pelo gosto de tentar a sorte. Parece um tanto absurdo, não acha?

ELE Mas... mas... de vez em quando alguém ganha! E é por isso que em Direito todos jogam. Há um grande sentimento de esperança.

SENHORA Esperança? O que o senhor diz é incompreensível. Sabe-se muito bem que existe uma possibilidade ínfima de ganhar, e uma certeza quase matemática de perder um euro. Como um jogo tão pouco rentável pode atrair tanta gente?

ELE A esperança é a última que morre.

SENHORA Bobagem. O senhor só diz isso para justificar um comportamento que não passa no teste da racionalidade. Mas veja o nosso caso: temos uma possibilidade ínfima de perder e uma certeza quase matemática de ganhar. Isso é que é um bom motivo para jogar. Aliás, me acompanhe, lhe ofereço um café.

ELE Não precisa se incomodar.

SENHORA Incômodo nenhum. Basta pegar dois Raspe e Ganhe... Pronto. Está vendo? Ganhamos mais dois euros. Agora basta raspar... e naturalmente... não perdemos nada.

ELE Estou aliviado.

SENHORA Percebe? Aqui em Avesso todos nós estamos contentes.

ELE Mesmo porque, se entendi bem, a probabilidade de perder duas vezes seguidas é muito baixa. Mas, se alguém tiver muito azar, pode recuperar-se rapidamente solicitando um pacote inteiro de Raspe e Ganhe.

SENHORA Vejo que nos entendemos. Confie em mim: entre desembolsar um euro com a quase certeza de não ganhar e embolsar um euro com a quase certeza de não perder, não há comparação.

Os números da sorte

ELE ... A essa altura o raio atingiu o carro em que eu viajava e me vi jogado no meio do prado, nu, mas sem um arranhão.

ELA Escapou de uma boa!

ELE Como ganhar na loteria! Deve haver um número para “o fulminado”.

ELA Não me diga que você acredita nos chamados sinais do destino.

ELE Não, mas...

CAIXEIRO-VIAJANTE [*Intrometendo-se sem tanta cerimônia*] Como não? Percebam que jogar na loteria, hoje, é uma ciência, e não há mais lugar para superstição.

ELE e ELA Perdão?

CAIXEIRO Esta é uma questão que me interessa muito. A loteria é um fato estatístico. É verdade que todos os números têm as mesmas probabilidades de sair, mas também sabemos que um número não pode esperar muito tempo antes de manifestar-se, e quanto mais se espera, mais é provável que saia. A minha empresa acabou de elaborar um programa que permite computar os atrasos de todos os números lotéricos, e nem lhe digo o sucesso que está fazendo. É matemática, e não superstição. Tome, é o nosso programa com o arquivo completo; atualizamos os dados a cada sorteio. Fique de olho no 27 da...

ELA Desculpe interrompê-lo. Parece-me que as suas afirmações são contraditórias. Se todos os números têm a mesma probabilidade de sair em cada lance, como um determinado número teria mais probabilidades que outros?

CAIXEIRO Porque está em atraso! Porque esteve muitas vezes na fila e não saiu.

ELA Sim, mas de que modo isso influencia a jogada atual? O calculador não pode "ver" o que aconteceu no passado. A menos que haja truques...

CAIXEIRO Nada de truques: é pura matemática. Seria improvável que o número não saísse depois de tanto atraso. Do contrário, seria um número especial, não acha?

ELA Tudo depende de como se medem os chamados "atrasos".

CAIXEIRO Em que sentido? Limito-me a verificá-los na série das extrações precedentes.

ELA O problema é o modo como se define a série das extrações precedentes. Se o senhor tomasse uma série ligeiramente diferente, por exemplo, escolhendo uma extração a cada duas semanas, os números atrasados seriam muito diferentes. Aliás, podemos ver isso agora mesmo no meu *notebook* graças ao seu programa... Pronto... Está vendo? Neste ponto, o 59 está "atrasado", e não o 27. E se escolhermos uma rodada a cada três... descobrimos que o 6 está atrasado! E se...

CAIXEIRO Mas que história é essa de escolher uma extração a cada duas ou três? Limite-se a conferir *todas* as extrações anteriores!

ELA O fato é que não há nenhuma razão para escolher essa série em vez de outra. E isso justamente porque uma jogada não pode ver o que ocorreu nas outras jogadas. A loteria é cega. As jogadas precedentes simplesmente não contam.

CAIXEIRO Mas como não contam? Quer me dizer que, se jogamos cara e coroa e sai cara três vezes seguidas, não devo apostar na coroa?

ELA Isso mesmo. Aposte no que quiser, a probabilidade de sair coroa é sempre de cinqüenta por cento. (No máximo é possível pensar que a moeda esteja viciada... mas nesse caso seria melhor continuar apostando na cara, e não na coroa!)

CAIXEIRO Mas a coroa está terrivelmente atrasada. Veja a seqüência...

ELA Se quiser levar em conta as seqüências, pense assim: a probabilidade da seqüência cara-cara-cara-cara é a mesma da seqüência cara-cara-cara-coroa. Cinqüenta por cento.

ELE Porém, se você estiver certa, o fato de eu ter sido atingido por um raio não me protege de raios futuros. No entanto, são raríssimas as pessoas atingidas por *dois* raios. Eu já tive o meu raio e agora me sinto seguro.

CAIXEIRO Disse bem!

ELA Desculpe desiludi-lo, mas o aconselho a comprar um pára-raio. Pode até ser que você se sinta em vantagem quanto ao próximo raio. Mas, se tivéssemos que apostar em quem de nós três será atingido duas vezes por um raio, acho que eu apostaria em você.

ELE Por quê?

ELA Porque você só precisa de mais um raio para chegar a dois, ao passo que eu e este senhor (suponho) ainda precisamos ser atingidos por dois raios!

ELE Mas então, segundo você, qual seria o melhor modo de ganhar na loteria?

CAIXEIRO Sim, qual é a sua resposta?

ELA Não há um modo melhor de ganhar, mas há um infalível para não perder. Basta não jogar.

A desordem invisível

ELA Digamos que 1 é cara e 0 é coroa. Imagine lançar uma moeda quatro vezes seguidas. Poderia sair 1111, ou cara-cara-cara-cara.

ELE Mas isso seria estranho. É um resultado muito *regular*. Improvável.

ELA Não vejo a diferença em relação a 0000, coroa-coroa-coroa-coroa.

ELE É verdade. São seqüências igualmente improváveis.

ELA Então imagine 0011.

ELE Essa também é uma seqüência muito ordenada, como também 1100. Todos os zeros ficaram de um lado, e todos os uns, do outro.

ELA E o que me diz de 0110?

ELE Aí também há muita ordem (como em 1001, o par gêmeo). Há uma *simetria* perfeita entre uns e zeros.

ELA Vejamos: 1010?

ELE A mesma coisa. Há uma *alternância* perfeita de um e zero (assim como em 0101).

ELA O que eu posso propor agora? 1000, por exemplo.

ELE Estamos perdendo o nosso tempo. Como os aparentados 0111, 1110 e 0001, trata-se de uma configuração simples e ordenada, não acha? A regra é: um-número-unido-a-três-repetições-do-outro.

ELA Você diria o mesmo para a família 1011,1101, 0100, 0010?

ELE Com certeza: o-único-número-diferente-se-encontra-distante-das-extremidades. Mais ordem que isso...

ELA Você começou dizendo que uma seqüência como 1111 é improvável por ser muito regular. Mas agora me diz que todas as seqüências que propus são bem organizadas. Todas respeitam alguma regra e nenhuma parece ditada pelo acaso. Portanto, você deveria dizer que todas são improváveis. Mas aqui nos deparamos com um problema.

ELE Qual?

ELA As seqüências que apresentei e sobre as quais discutimos são *todas* as dezesseis seqüências possíveis de resultados de quatro lances sucessivos de uma moeda. Não há outras.

ELE Isso significa que, se eu lançar uma moeda quatro vezes seguidas, obterei necessariamente uma dessas dezesseis seqüências?

ELA Sim. E este é o ponto. Se a moeda não estiver viciada, o resultado da jogada será seguramente ditado pelo acaso. Portanto, todas as seqüências discutidas por nós são ditadas pelo acaso. Mas, na sua opinião, todas estão contaminadas por uma ordem qualquer. E a ordem exclui o acaso.

ELE Qualquer um estaria de acordo comigo quanto à ordem. Basta olhar as regras obedecidas por todas essas seqüências: simetrias, repetições...

ELA Mas se a seqüência é criada pelo *acaso*, como é possível obedecer a uma *regra*? Não, as "regras" citadas por você são uma ilusão. A ordem está em nossa mente, não na realidade da seqüência. As regras só testemunham a sua habilidade: saber desencavar estruturas em toda parte. Constantemente alerta, à procura de simetrias, configurações, repetições, figuras. E, se quiser, inevitavelmente as encontrará.

ELE Certo, suponhamos que a ordem seja imposta apenas *a posteriori*. Também poderia dizer que todas as seqüências são igualmente ordenadas e, portanto, todas têm a mesma possibilidade de ocorrer. De qualquer modo, sua objeção só vale para as seqüências de quatro lances. Se me pedisse para avaliar o aspecto de uma seqüência de seis lances, eu concordaria em achar 010110 menos ordenada que 000000 ou mesmo 000111.

ELA É espantoso como você abandona tão rapidamente a sua busca pela ordem. Achei que você pensasse como Wittgenstein: dê-me uma seqüência qualquer, e eu acharei uma regra a que de algum modo ela obedece. (Talvez no fim das contas a regra pareça estranha, mas é sempre uma regra.) No entanto, concordo que o efeito de desordem é amplificado pela extensão da seqüência. Os estudos de psicologia demonstram que tendemos a considerar 010110 mais provável que 000111, e sugerem que isso depende de que 010110 parece mais semelhante à imagem que fazemos de uma seqüência desordenada. (E, mais uma vez, trata-se de uma ilusão: 010110 é tão provável quanto 000111.)

ELE E por que motivo seríamos tão obcecados pela ordem?

ELA É o nosso modo de simplificar os dados. E em muitos casos essa simplificação nos permite manter sob controle o enorme fluxo de informações que nos bombardeia a todo instante. Por outro lado, devemos ter consciência de que o mecanismo que busca uma ordem está, vamos dizer, sempre aceso, mesmo quando não há nenhuma ordem a encontrar. Pense em como funcionam bem as profecias de Celestino ou de Nostradamus: *bem demais*, mas com o conhecimento posterior, o que significa que alguém selecionou as chamadas predições a fim de fazer que os números se encaixem. Pense na busca obsessiva (e perfeitamente inútil, como já vimos) dos chamados atrasos na loteria. Pense no modo como reescrevemos nossa vida lançando luz sobre os fatos que confirmam a imagem elegante que gostamos de cultivar para nós mesmos, esquecendo aqueles que não nos honram. Pense na idéia de que a história se repete, também uma das idéias mais repetidas da história. Em todos esses casos, impomos uma ordem a fatos que temos razão de considerar amplamente dominados pelo acaso. Acredite em mim: a realidade, a vida e a história são infinitamente mais complexas do que as imagens que pensamos discernir em suas filigranas.

O fato de que, num mundo alfabetizado e numerizado, tantas pessoas insistam em jogar na loteria ou em tentar ler no Passado os vestígios inexistentes de coisas que (dizem eles) ocorrerão inevitavelmente no Futuro mostra que o mundo não é tão alfabetizado quanto parece. Tememos, em conseqüência, que perguntas estranhas como aquelas sobre o Sentido da Vida continuem a aparecer como as perguntas filosóficas por excelência e a preencher os tomos de ilustres parlapatões da filosofia. De nossa parte, não conseguimos sequer entender o sentido de tais perguntas. Mais ou menos como se perguntar, ainda, qual é o número do mundo, quando hoje todos já conhecem a resposta: 87 e, em alguns casos, 23. Mas vamos ao capítulo

QUATRO

em que nos espantamos com a argúcia de um tocador de sinos perdido nos confins do Império e, numa série mirabolante de viagens exóticas, se demonstra que Espaço e Tempo estão estreitamente interligados; em que se aprende que os leões têm um sentido bas-

tante desenvolvido da Relatividade das coisas e nos perguntamos por que razão os espelhos invertem apenas a Direita com a Esquerda, e não o Alto com o Baixo.

Missiva do Vale Final sobre o tempo

DE: SINEIRO Nº 2353, PARÓQUIA DE VALE FINAL
PARA: AUTORIDADE DE MEDIÇÃO DO TEMPO, NA CAPITAL

Meus confrades,

Peço-lhes que não considerem inoportuna a minha carta. Sei que sou o último sineiro no último vale do Império, o mais humilde, o mais remoto. Na verdade, é justamente isso o que me força a escrever-lhes.

Li o Opúsculo lançado por Vossa Excelentíssima Autoridade, intitulado *De um novo método para difundir o sinal horário no Império*, que me chegou diligentemente no dia 20 de maio passado. Não obstante aprecie muito o rigor do Opúsculo e a insistência na necessidade de regras definitivas e inequívocas, significativamente mais importantes nesta nossa época obscura e incerta, a minha impressão é que o método, embora de aplicação facílima, possa aumentar e não diminuir as trevas e a incerteza. Com efeito, nele se defende que a única Autoridade hoje capaz de indicar o sinal horário é o Observatório da Capital, que a cada hora fará ressoar o sino da sua torre. Diz ainda que o sinal deverá ser retomado e difundido pelos sinos do primeiro círculo das muralhas, e depois por aqueles dos subúrbios, e assim sucessivamente de paróquia em paróquia até as cidades vizinhas, e destas até as demais, expandindo-se como os círculos formados por uma pedra que cai em água parada: até atingir as últimas torres do Império e levar a hora — sinal da civilização — aos habitantes de vales longínquos e, como o nosso, só raramente visitados por um viajante. O documento se encerra com uma ordem aos sineiros para que esperem ouvir os toques por completo antes de, por sua vez, iniciar o repique dos seus sinos, a fim de que estejam seguros da hora a ser anunciada.

A minha dúvida diz respeito às conseqüências que o uso desse método pode ter na qualidade do sinal horário. Ouso observar — com a esperança de não incorrer numa hipótese herética — que o tempo e o espaço são mais ligados entre si do que o nobre redator do Opúsculo parece crer. Considere-se o que ocorrerá. O sinal horário parte da capital: o sineiro do Observatório dá o toque das seis. O sineiro de uma das torres da muralha ouve o sinal, espera o sexto toque e, por seu turno, começa a tocar os sinos. E assim na seqüência. A badalada das seis se propaga lentamente, cada sineiro devendo, por lei, entrar em ação apenas após ter ouvido todos os toques daquele que o precedeu. Mas, repito, o espaço é tempo, e Vale Final está a mil e duzentas torres da Capital. Um simples cálculo demonstra que, quando o toque das seis chegar ao nosso vale, já serão quase sete. O nosso povoado viverá eternamente no erro?

Acrescento uma reflexão que indica a natureza paradoxal do procedimento. Meia-noite tem doze toques. Uma hora da manhã tem apenas um. Portanto, o sinal horário da meia-noite se propaga bem lentamente, com muito mais lentidão do que o da uma hora, pois no primeiro caso os sineiros deverão esperar doze badaladas antes de poder enviar o seu sinal, ao passo que no segundo caso a espera será brevíssima. Fiz os cálculos e constatei que serei obrigado a soar o toque da uma antes de poder anunciar o da meia-noite. Não só o espaço é tempo, mas, neste caso, o espaço parece produzir uma contração do tempo. Assim, os moradores do meu vale deverão medir-se com um tempo que se enovela em si mesmo e depois se desenrola de novo a cada noite, com horas cada vez mais longas, recuperadas por uma hora de duração negativa?

Agradeço a atenção dispensada a estes pensamentos de um humilde sineiro etc.

P.S. Caso haja um posto disponível numa paróquia menos distante, poderiam levar em conta a minha candidatura? Aqui em Vale Final a vida é muito áspera, e já passei várias décadas entre estas montanhas.

DE: ESCRITÓRIO DA AUTORIDADE DE MEDIÇÃO DO TEMPO, NA CAPITAL

PARA: SINEIRO Nº 2353, PARÓQUIA DE VALE FINAL

Caro confrade,

Examinamos atentamente a sua carta de 21 de junho passado. Suas preocupações são legítimas, mas denotam má compreensão dos princípios que inspiram esta Autoridade e, como tais, foram consideradas heréticas. Em particular, é tarefa desta Autoridade determinar um tempo válido para todas as paróquias do Império; esse tempo e a sua medição emanam diretamente dos atos da Autoridade, e por tais atos são definidos. Portanto:

Em primeiro lugar, a sua afirmação de que o toque alcançará

o seu vale às sete, quando são ainda seis, foi rejeitada. O tempo é medido pelos toques derivados do Observatório, não existe uma simultaneidade independente do sinal horário e de sua propagação; logo, quando você soar as seis badaladas, então, e só então, serão seis horas na Paróquia de Vale Final. Os seus "cálculos" foram igualmente rejeitados na medida em que sobrepõem uma ambição pessoal a uma ordem da Autoridade.

Em segundo lugar, seu raciocínio sobre o suposto paradoxo do sinal de uma hora que ultrapassaria o da meia-noite contém uma grave falácia.

Em razão de sua idade e da notória dificuldade de permanência na Paróquia de Vale Final, esta Autoridade estaria disposta a conceder-lhe um posto mais próximo, talvez até na Capital. Mas antes é absolutamente necessário que você reconheça o erro de raciocínio contido na afirmação segundo a qual, por culpa do método implantado pela Autoridade, você teria de tocar a uma hora antes de ter tocado a meia-noite.

Bolhinhas

[VOZ DO COMISSÁRIO] Apertem os cintos de segurança.

PASSAGEIRO Boa noite, desculpe, preciso passar para chegar à minha poltrona. Sempre escolho a janela, para ver as nuvens do alto.

ELA Sim, é sempre um espetáculo, especialmente quando amanhece. Mas eu viajo muito, e por isso prefiro trocar as nuvens pela comodidade de poder me levantar sem perturbar ninguém. Além disso, confesso que preferiria não viajar nesta noite.

PASSAGEIRO Mas por quê? Acho muito original viajar na noite de ano-novo. Além de conveniente, os vôos são mais baratos, e há pouco atraso nos aeroportos.

ELA Isso se chegarmos... Com o trânsito que havia na Times Square, levei mais de uma hora para sair de Manhattan. Em todo caso, não me diga que se sente feliz com a idéia de festejar o ano-novo dentro de um avião. Se eu tivesse podido evitar, não hesitaria nem um segundo.

PASSAGEIRO Mas é claro que a idéia me agrada! Deixando de lado a conveniência, acho que poder brindar durante o vôo é uma oportunidade realmente especial. Trouxe até uma garrafa de champanhe (para o caso de a companhia não ter pensado nisso, claro). Veja aqui. Não está gelado, mas, por favor, não faça cerimônia.

ELA Obrigada, o senhor é muito gentil.

PASSAGEIRO Gosto sobretudo da idéia de brindar muitas vezes. Com todos os fusos horários que atravessaremos, vamos ficar bêbados.

ELA Desculpe, mas então o senhor tomou o avião errado. Os que adoram fazer vários brindes voam do leste para o oeste. Assim, quando chega a meia-noite, todos festejam e, depois de dez minutos, todos entram de novo no fuso horário das onze, esperam a meia-noite e festejam mais uma vez, para então entrar mais uma vez no fuso horário das onze, e assim por diante. Parece que, na virada do milênio, os vôos Paris—Nova York foram vendidos a preços exorbitantes. Mas nós viajaremos na direção oposta, do oeste para o leste. Partiremos de Nova York às dezoito e em poucos minutos serão dezenove, depois vinte... e assim até as oito da manhã em Paris (se é que o avião chegará na hora). Nada de brindes repetidos. É preciso ser rápido para não chegar à uma hora com a taça ainda cheia de bolhinhas.

PASSAGEIRO Olha só, é verdade. Sempre me confundo com o fuso horário. Nunca me lembro de que lado se ganha tempo. De fato, na hora da nossa partida, na Europa já será meia-noite... De qualquer modo, é sempre uma ocasião especial, não acha? Se entendi bem, quando entrarmos no fuso horário das onze, estaremos sobre o oceano, não é? Portanto, não mais nos Estados Unidos, mas ainda não teremos chegado aos céus de um país europeu. Isso quer dizer que comemoraremos a passagem do ano... em nenhum lugar! Para mim é mais que suficiente para um brinde original.

ELA Se o senhor acha... Quanto a mim, sempre me orgulhei de festejar o ano-novo em Paris ou Nova York, e a idéia de um tintim no meio do oceano não me atrai muito.

ABELHUDO [*Aparecendo entre as poltronas da fila de trás*] Se é que conseguiremos brindar.

PASSAGEIRO Perdão?

ABELHUDO Quem lhe garante que festejaremos a meia-noite sobre o oceano?

PASSAGEIRO Salvo imprevistos, me parece que a matemática nos dá todas as garantias. Como dizia a senhora, se partimos às seis da tarde e chegamos às oito da manhã, em algum momento e em algum lugar será meia-noite. E, se a geografia não me engana, nessa altura ainda estaremos muito longe da costa européia.

ABELHUDO Desculpe, mas quem lhe disse que nós estaremos em algum lugar *justamente à meia-noite*? Estudou bem a rota?

PASSAGEIRO A rota?

ABELHUDO A matemática e a geografia nos dizem que durante a viagem passaremos mais de uma vez de uma hora à seguinte sem sair do fuso horário em que estaremos. Se a viagem dura oito horas, e a diferença entre Nova York e Paris é de seis horas, quer dizer que isso poderá ocorrer entre um mínimo de duas e um máximo de oito vezes. Mas não é certo que o toque da meia-noite esteja entre esses casos. Aliás, pelos meus cálculos, salvo uma mudança repentina de rota, acho que passaremos a meia-noite em brancas nuvens. (Isto sim merece um brinde.)

PASSAGEIRO Continuo não entendendo.

ELA Para mim, está muito claro. Suponha que às 23h45 (hora local), justamente quando o senhor começa a se preparar para o brinde, nós entremos no fuso horário seguinte. Automaticamente passaremos às 0h45 (nova hora local), e mais quinze minutos já será uma hora. O senhor estará com a garrafa na mão, ainda fechada, e quem comemorou, comemorou. Nada de meia-noite.

PASSAGEIRO Mas então...

ABELHUDO Então acredite: será como estou dizendo. Nada de meia-noite. Nada de contagem regressiva. Neste avião, passaremos de 2003 a 2004 sem cruzar a soleira.

PASSAGEIRO Droga! E eu que pensava que festejaria várias vezes seguidas. Sinceramente, estou decepcionado.

ABELHUDO Nada de decepção. Faço isso todos os anos e, acredite, vale a pena. Sou contra todas as barreiras, inclusive as temporais. É melhor brindarmos à ausência de limites.

ELA Na minha opinião, os senhores são meio excêntricos. Mas admito que não pensei nisso antes. Se realmente as coisas serão como está dizendo, então não tenho mais razão de me lamentar. Posso continuar a dizer que sempre festejei o ano-novo em Paris ou em Nova York: esta viagem não será uma exceção.

PASSAGEIRO Não será uma exceção porque a senhora não festejará nada.

OS OUTROS Não, não, festejaremos, e como! Mas comemoraremos a ausência do instante mágico. Brindaremos 2003 antecipadamente e 2004 em atraso. Mas não perderemos nem um momento.

Datas de nascimento

MENINO Bom dia, senhor bilheteiro. Vim para a exposição dos dinossauros. É verdade que quem ainda não tem três anos entra de graça?

BILHETEIRO Perfeitamente. É uma iniciativa para incentivar os nossos pequenos amigos a visitar o museu.

MENINO Ótima idéia! Ainda bem que meus pais me avisaram a tempo: faço três anos amanhã. Aqui está a minha carteira de identidade.

BILHETEIRO Desculpe, mas aqui está escrito que o senhor nasceu em 16 de janeiro. E 16 de janeiro é hoje...

MENINO Certo, tem razão. Mas a data de nascimento não diz nada se não olharmos também o local de nascimento. Veja, está escrito aqui: nasci no dia 16 de janeiro de 2001 *em Nova York*, nos Estados Unidos. E acredite se lhe digo que nasci às dez e meia: se quiser, posso trazer uma cópia da certidão de nascimento.

BILHETEIRO Não entendo aonde quer chegar.

MENINO Se nasci às dez e meia do dia 16 de janeiro na cidade de Nova York, quer dizer que no momento do meu nascimento já era 17 de janeiro aqui na Europa. O senhor sabe melhor do que eu que existe uma diferença de seis fusos horários. Portanto, o meu aniversário é no dia 16 para os americanos, e no dia 17 para os europeus. É óbvio.

BILHETEIRO Por favor, me perdoe. Aqui está escrito que o senhor nasceu em 16 de janeiro, e 16 de janeiro é hoje. O senhor *acabou* de completar três anos, mas *já* completou três anos. Lamento.

MENINA [*Que esperava na fila, atrás do menino, e tinha assistido à cena com interesse*] Desculpem se me intrometo. Acontece que eu nasci em 17 de janeiro. Está vendo? Aqui está a minha carteira de identidade.

BILHETEIRO 17 de janeiro de 2001. Excelente. A senhorita ainda tem direito ao ingresso gratuito, bem na hora.

MENINA Também gostaria de ressaltar o local de nascimento: Paris. Ora, acontece que eu nasci exatamente às quatro e meia da manhã...

MENINO Mas então, *mademoiselle*, a senhora nasceu exatamente no momento em que eu nasci!

MENINA Precisamente. Nascemos no mesmo preciso instante, ainda que a seis fusos horários de distância. Portanto, senhor bilheteiro, se está disposto a conceder o desconto a mim, não vejo por que se recusa a concedê-lo ao menino aqui presente.

BILHETEIRO Não posso fazer nada. Devo anexar uma fotocópia dos documentos, e os documentos dizem que os senhores nasceram em datas diferentes: a senhora, em 17 de janeiro, ele, no dia 16.

MENINA Mas senhor bilheteiro: os documentos não dizem apenas isto. Também dizem que eu nasci em Paris e que ele nasceu em Nova York. Por que não acrescentamos no pé da fotocópia a hora do nascimento? Só assim os dados estariam completos: "Nascida em Paris, às quatro horas e trinta minutos do dia 17 de janeiro de 2001" e "Nascido em Nova York, às dez e meia da noite de 16 de janeiro de 2001". Essas duas informações, apesar de aparentemente diversas, fazem referência ao mesmo instante de tempo.

BILHETEIRO Vamos ver se entendi bem. Eu nasci às onze da noite de um distante 29 de fevereiro. Em Rogoredo. Para os meus tios que moram na Austrália, eu teria nascido em 1º de março?

CRIANÇAS [*Em coro*] Isso mesmo.

BILHETEIRO Mas nos anos não bissextos, na falta do 29 de fevereiro, comemoro o meu aniversário em 1º de março. Então, se eu me transferisse para a Austrália, deveria comemorar em 2 de março?

CRIANÇAS Sim, em 2 de março.

BILHETEIRO Não acham meio estranho que alguém festeje o próprio aniversário em 2 de março, tendo nascido em fevereiro?

CRIANÇAS Estranho é, senhor bilheteiro. Mas perfeitamente lógico.

BILHETEIRO Se é assim... Aqui estão os seus ingressos. Só espero não ter de repetir toda essa história aos meus superiores.

MENINO Muito obrigado.

MENINA E agora vamos todos à confeitaria festejar o nosso aniversário!

BILHETEIRO Como? Como? Mas não fizemos todo esse raciocínio para estabelecer que o aniversário de ambos é amanhã?

CRIANÇAS Com certeza: o aniversário é amanhã. Mas nós sempre comemoramos com um dia de antecedência.

A ilha das quatro estações

ELE Bom dia. Vim reservar um pacote de férias no Pacífico.

AGENTE DE VIAGEM Ótima escolha. Permita-me sugerir-lhe a nova Ilha Artificial das Quatro Estações.

ELE Como? Uma ilha artificial?

AGENTE Sim. Mas o senhor não deve se preocupar. É absolutamente idêntica a uma ilha natural. Muito selvagem e íntima, com apenas quatro casas, nem uma a mais.

ELE Interessante. Gosto de lugares pouco povoados. Mas onde fica essa ilha?

AGENTE Sobre o equador, e também é atravessada pela Linha de Mudança de Data.

ELE No cruzamento de espaço e tempo. Sempre me fascinei por essa história da Linha de Mudança de Data. Mas como funciona exatamente?

AGENTE É simples. Suponhamos que a oeste da Linha seja meia-noite. A leste já é uma: um novo dia começou. Esse novo dia, digamos 1º de janeiro, começa várias vezes à medida que nos deslocamos para oeste: dá a volta ao mundo transformando o 31 de dezembro em 1º de janeiro, até que retorna à Linha de Mudança de Data. Isso significa que a meia-noite dá uma volta ao mundo transformando um dia no seguinte, mas essa transformação não é completa enquanto não se fizer o retorno à Linha de Mudança de Data. Até então, haverá lugares que ainda estão em 31 de dezembro e esperam ser colhidos pelo novo dia, e lugares que já estão em 1º de janeiro.

ELE E quando a meia-noite encontra de novo a Linha da Mudança de Data, depois de ter dado a volta ao mundo...

AGENTE ... Aí, naquele preciso momento, todo o planeta estará em 1º de janeiro, e no instante seguinte a meia-noite se desloca para oeste, inaugurando o dia 2 de janeiro.

ELE Mas se a Linha de Mudança de Data passa por uma zona habitada, então quem a atravessa passa de um dia para o outro. Pode voltar a 31 de dezembro simplesmente dando um passo a leste, ou decidir retornar a 1º de janeiro dando um passo a oeste!

AGENTE Exato. E, ao fazer isso, pode também saltar de um ano a outro.

ELE Muito divertido. Gostaria de passar uma temporada nessa ilha... Como disse que se chama?

AGENTE A Ilha das Quatro Estações. Gostaria de fazer a reserva para quando?

ELE Quero chegar no dia 21 de junho.

AGENTE Mas quando deseja ir? Na primavera, verão, outono ou inverno?

ELE Como? Disse que quero estar na ilha em 21 de junho!

AGENTE Por isso mesmo: primavera, verão, outono ou inverno?

ELE Desculpe, mas não estou entendendo nada.

AGENTE Depende da casa em que o hospedarei. Se o senhor ficar na casa do noroeste, será verão. A casa do noroeste está ao norte do equador. Se cruzar o equador e preferir hospedar-se na casa do sudoeste, estará no inverno, pois quando é verão no hemisfério norte, no hemisfério sul é inverno.

ELE Estava esquecendo as estações invertidas nos dois hemisférios. Bem, minha escolha é entre inverno e verão, certo? Então prefiro...

AGENTE Desculpe interrompê-lo. Há ainda duas possibilidades. O senhor me disse que gostaria de chegar no dia 21 de junho. Se passar da casa do sudoeste (inverno) para a do sudeste, cruzará a Linha da Mudança de Data e voltará a 20 de junho. E 20 de junho, no hemisfério austral, é outono.

ELE Não me diga que também posso ir na primavera!

AGENTE Claro: basta que se mude para a casa do nordeste, cruzando o equador: se é outono no hemisfério austral, é primavera no boreal.

ELE Por isso o senhor me perguntou *quando* eu quero ir para a ilha! No solstício, o quando determina o onde. Mas eu nem sei o que escolher.

AGENTE Por um módico acréscimo, posso reservar as quatro casas para o senhor.

ELE É uma ótima idéia. Assim poderei dar mil giros, passando de uma estação a outra. Será como viver mil anos. Umas férias de Guinness dos recordes.

AGENTE Pode fazer ainda melhor. Quando chegar, sente-se na interseção exata entre o equador e a Linha de Mudança de Data e não saia dali. Por um dia, poderá viver nas quatro estações simultaneamente. Ou em nenhuma. O senhor decide.

Uma viagem cancelada

ELA Bom dia. Vim retirar os bilhetes para a "Viagem Aventura" ao pólo norte.

AGENTE DE VIAGEM Temo que... [*Silêncio constrangido*] Talvez...

ELA Há algo errado? Acho que já paguei tudo. Custou-me os olhos da cara, entre o navio quebra-gelo, o aluguel dos cães de trenó e o curso de sobrevivência. Não me diga que...

AGENTE Infelizmente teremos de cancelar a viagem.

ELA Mas como? A estação é propícia, o tempo está estável, não há greve dos transportes aéreos. Por que cancelar a viagem?

AGENTE Não poderia haver condições melhores, eu sei. E deve acreditar em mim se lhe digo que há tempos planejávamos esta viagem. Lamentamos profundamente decepcionar os nossos clientes. Mas não há modo de partir.

ELA O que houve? O senhor fala como se fosse uma dificuldade absolutamente insuperável.

AGENTE Nem sei o que dizer. [*Apanha um jornal amassado*] Aqui está, a senhora pode ler.

ELA “Aqui havia o pólo norte”.

AGENTE Como se vê pela foto, onde havia o pólo norte agora há uma poça de água marinha. Efeito estufa: as geleiras da calota estão se desfazendo.

ELA Nada disso, eu conheço muito bem essa história. Todos os jornais falaram do assunto, e no final se revelou uma lenda. Hoje sabemos que o pólo não está se desfazendo. E se ele se dissolvesse? Seria possível ir para lá de navio: de qualquer modo, seria ir ao pólo.

AGENTE É mesmo? Isso me anima. Diante das dificuldades, estávamos quase começando a pensar em organizar viagens para visitar a memória das belezas desaparecidas. Levaríamos os turistas a lugares desolados, lugares famosos por coisas que não existem mais. Consegue imaginar os slogans dos folhetos ilustrativos? “Aqui havia as grandes estátuas de Buda (agora só há fragmentos), “Aqui ficava o lago de Aral” (hoje seco), e assim por diante. Poderíamos até acrescentar: “Aqui era o pólo norte” (agora é uma poça).

ELA Interessante. Acho que vai ser fácil encontrar lugares e clientes. Porém...

AGENTE O quê?

ELA Como o senhor interpreta esses slogans? Para mim, eles parecem ter significados diferentes entre si.

AGENTE Não entendi.Cada slogan diz que aqui — ou seja em um certo local que varia de slogan a slogan — existia uma coisa que agora não existe mais, concorda? É como quando eu digo: “Aqui ficava o meu lápis”. O que eu poderia querer dizer com isso? Que o meu lápis estava neste lugar e agora não está mais. [*Falando para si*] Aliás, onde é que ele foi parar?

ELA Não estou de acordo. A interpretação que o senhor sugere funciona para as estátuas de Buda. Há um lugar ao qual se faz referência (Bamiyan), há um objeto que estava naquele lugar (uma estátua), e agora o objeto não existe mais ou não está mais naquele lugar.

AGENTE Correto.

ELA Mas isso já não funciona tão bem com o lago de Aral. O senhor acha que um lago é simplesmente uma massa de água?

AGENTE Eu diria que não. Não faltam exemplos de lagos ressecados. Eu diria que um lago é mais um lugar. Quando se diz que o lago de Aral está seco, queremos dizer que, num certo local, havia água que agora não existe mais.

ELA Mas é justamente essa interpretação que torna estranho dizer "Aqui havia o lago de Aral". Se o lago de Aral fosse um lugar, como poderia ter estado "aqui" e não estar mais? Os lugares não podem se deslocar.

AGENTE Entendo. Então direi que o lago é uma massa de água.

ELA E naturalmente se verá em apuros diante de lagos secos, que não são massas de água. Não só. Se o lago é uma certa massa de água, e se a água for canalizada e desviada para o mar, poderemos dizer que agora o lago está no mar? E se depois enchermos novamente o lago de água? E se o enchermos de vinho?

AGENTE Talvez o nosso conceito de lago seja um conceito híbrido. Em parte, pensamos no lago como uma massa de água (ou uma massa líquida de algum tipo), em parte, como um lugar que pode acolher uma massa de água. Dependendo da conveniência, privilegiamos um ou outro aspecto.

ELA Voltemos então ao pólo norte. De que se trata? E em que sentido não estaria mais "aqui"?

AGENTE Certo. Onde ele foi parar?

ELA Em nenhum lugar. Quando falamos do pólo, usamos um conceito *apenas* espacial. Não existe um objeto que corresponde ao pólo norte. Não é como as estátuas, nem como o lago de Aral. O pólo norte pode ser feito de qualquer coisa. Ou melhor, o pólo não é feito de nada. É um "espaço puro", como diria Aristóteles ao falar dos lugares.

AGENTE Então o pólo é uma abstração?

ELA Nem todas as coisas feitas de nada são abstrações. Se o senhor fizesse um buraco no pólo norte, não faria uma abstração. Em outras palavras, faria um buraco concreto.

AGENTE E o pólo? Onde estaria?

ELA Estaria no buraco. Se pudéssemos tirar o núcleo do nosso planeta como fazemos com as maçãs, o eixo terrestre atravessaria uma zona onde não há terra. Mas estaria ali. Os pólos seriam totalmente virtuais.

AGENTE Concordo. Mas nesse caso consideraríamos esses objetos virtuais partes do nosso planeta?

ELA Difícil dizer... De todo modo, percebe que a frase "Aqui havia o pólo norte" não pode funcionar? O senhor também concorda: o pólo norte está sempre ali.

AGENTE Mas então por que nos parece que a frase funciona? Ninguém a considera estranha. Não me consta que os jornais tenham sido inundados por cartas de protesto.

ELA Os conceitos apenas espaciais tendem, digamos assim, a *aderir* aos objetos. Não podemos pensar em furos sem pensar em um objeto furado. E o melhor modo de pensar no pólo norte é pensar num pedaço de gelo que está no pólo norte. Parece-nos muito fácil pensar no pólo como num imenso picolé, e é algo assim que pensamos visitar quando nos inscrevemos em um passeio turístico ao pólo norte. Queremos visitar a paisagem glacial que associamos mentalmente ao pólo norte. Se essas são de fato as expectativas, e se realmente não há mais geleiras no pólo norte, então vocês estão certos em cancelar a viagem. Mas não porque a meta não exista mais, e sim porque ela mudou. E, se vocês quiserem organizar essas novas viagens, as visitas às belezas desaparecidas, deverão fazer essa distinção. Em alguns casos o slogan dirá: "Aqui ficavam as grandes estátuas de Buda" e talvez até "Aqui havia o lago de Aral". Mas em outros casos será preciso mudar a fórmula. Será necessário dizer: "*Assim* era o pólo norte".

Hic sunt leones

LEA Vamos dar uma olhada nos turistas.

LEO É o mais interessante da vida num zoológico.

LEA Todo dia esse monte de humanos desfila na nossa frente, e nós podemos ver suas paixões e desejos.

LEO Uma bela jaula de malucos.

LEA Já devemos ter visto milhões deles nos dez anos que estamos aqui. Foi bom eles terem conseguido prender tantos nesta jaula.

LEO Prender em que sentido?

LEA Todos os dias não vem um senhor com a chave? Não traz comida para nós (um gesto gentil da parte da comunidade de prisioneiros, até porque aqui não se acha alimento fácil) e não se prende de novo com os outros lá dentro?

LEO "Dentro" onde?

LEA Na jaula, não?

LEO Mas como... como... como?! Eu achava que éramos nós os presos na jaula. O homem nos traz a comida, bondade dele, e depois volta a ser livre. Como pode pensar que eles estão presos, e não nós?

LEA Não será uma pura questão de palavras? Para mim, estar preso significa estar *na* jaula. Significa estar *atrás* das grades. Talvez para você signifique outra coisa.

LEO Mas, para mim, estar preso também significa estar na jaula, atrás das grades! Por isso digo: nós estamos presos!

LEA No entanto, do nosso ponto de vista, atrás das grades quem está são eles.

LEO Mas, do ponto de vista deles, atrás das grades estamos nós!

LEA E por que deveríamos adotar o ponto de vista *deles*? Estamos bem como leões, não acha? Temos até um título nobre.

LEO Talvez não estejamos de acordo quanto ao significado da palavra "dentro". Para mim, estar dentro significa não poder sair. Ou talvez não concordemos quanto ao significado da palavra "jaula".

LEA Vejamos. As jaulas são amplos espaços que circundam o mundo. O mundo é um pequeno espaço íntimo em que eu e você moramos felizes. A jaula tem uma grade que a separa e que protege os habitantes do mundo (nós) daqueles prisioneiros (eles) potencialmente perigosos e agressivos. Não entendo onde está o problema. Insisto: está adotando a filosofia dos leões?

LEO De fato, você não entende. As jaulas são pequenos espaços circundados pelo mundo. O mundo é um imenso espaço livre em que você e eu poderíamos correr felizes. A jaula tem uma grade que a separa do mundo e que protege os habitantes do mundo (eles) de prisioneiros (nós) potencialmente perigosos e agressivos. (Há quanto tempo não conseguimos devorar um visitante?)

LEA Então é sobre a palavra "jaula" que divergimos. Para você, uma jaula deve ser menor que o resto do mundo.

LEO Diria que sim. Acho que o dicionário (que encontramos na bolsa do domador que devoramos no último verão) me dá razão.

LEA Não confio em dicionários, especialmente se estão na bolsa de um domador um tanto coriáceo. Porém vejamos... No final deveria haver um mapa-múndi... Aqui está. Veja aqui. *Hic sunt leones*. Como vê, há uma grande área ao sul do equador onde só viveriam leões.

LEO Velhas lendas.

LEA Pode ser. Mas imagine que todos os leões estejam mesmo abaixo do trópico de Capricórnio, ao sul do equador, e que seja erguida uma grade que segue de ponta a ponta o trópico (até sobre a superfície do mar, suponhamos). Segundo você, os leões estariam numa jaula?

LEO Claro. O espaço ao sul do trópico de Capricórnio seria muito menor do que a área ao norte. Como afirmei que a jaula é sempre menor que o resto...

LEA E você concorda que, para sair da jaula, um leão precisa ultrapassar a grade?

LEO Com certeza.

LEA Agora imagine que o número de leões aumente, aumente, e, para evitar a superpopulação, a grade seja deslocada para o norte. Os leões continuam aumentando, e a grade se desloca mais uma vez para o norte. Pouco a pouco, quilômetro após quilômetro, a grade chega até o trópico de Câncer, ao norte do equador. Ora, trata-se de uma boa grade, e nenhum leão a ultrapassa. Segundo você, os leões continuam numa jaula?

LEO Mas é claro.

LEA É aí que eu quero chegar. Porque agora a região onde estão os leões (ao sul do trópico de Câncer) é muito maior que o resto do mundo (ao norte do trópico). Agora a situação se inverteu. Logo, ou você diz que agora todos os leões estão fora da jaula, ainda que nenhum tenha ultrapassado as grades, ou renuncia à idéia de que as jaulas são pequenos espaços circundados pelo mundo.

LEO Mas isso só funciona porque você vê a Terra como uma superfície curva.

LEA Mas o espaço da Terra *é* um espaço curvo, meu amigo. E este lugar onde estamos agora é uma parte do espaço da Terra. Tendemos a esquecer esse fato porque quase sempre raciocinamos pequeno. Mas é preciso pensar grande. Para sair das jaulas da mente, é preciso raciocinar como verdadeiros leões. Do contrário, continuaremos a dar falsos rugidos, sob ordens, como o leão da Metro Goldwyn Mayer, presos em um mísero círculo.

Reflexões

ELE Veja no espelhinho. AIƆИÂJUꓭMA é AMBULÂNCIA ao contrário.

ELA Só agora você percebeu?

ELE Admito que nunca tinha prestado atenção. Imagino que esteja escrito ao contrário justamente para facilitar a leitura no retrovisor.

ELA Claro, não há outra razão.

ELE Mas é curioso, não acha?

ELA O quê?

ELE Que a escrita esteja invertida no eixo horizontal, mas não no vertical.

ELA E por que deveria ser diferente?

ELE Não sei. Me pergunto por que os espelhos invertem a direita e a esquerda, mas não o alto e o baixo. Veja, eu pego este livro sobre música pop e o mostro a você por um espelho. Por que a imagem da parte superior do título é a parte superior da imagem do título, mas a imagem da parte esquerda do título não é a parte esquerda da imagem do título? Observe a palavra "pop". No espelho, lemos "qoq". Mas por que não lemos "bob"?

ELA Espere um pouco! Aliás, esqueça o retrovisor e veja aquela poça. Observe o letreiro luminoso daquela loja de discos. Não vê o que acontece quando a palavra "pop" é refletida na poça? Eu leio "bob". Neste caso, o "p" se torna um "b", não um "q": a inversão ocorre no sentido vertical, e não no horizontal. Você quer dizer que, enquanto os espelhos refletem direita e esquerda, mas não alto e baixo, as poças refletem alto e baixo, mas não direita e esquerda? Como explicaria essa diferença? Uma poça não é senão um espelho deitado.

ELE Veja bem. Na realidade, nada nos proíbe de também ver na poça o "p" invertido no eixo direita-esquerda. Basta... basta ficar de cabeça para baixo. Pronto, olhe, se eu ficar de cabeça para baixo, o "p" parece de novo um "q", e eu leio "qoq" na poça.

ELA Preste atenção no trânsito, se não vai ser bem pior do que ficar de cabeça para baixo! De qualquer forma, se você fica de ponta-cabeça para olhar a poça, por que não faz o mesmo com o espelho? Aí o "p" do seu livro se tornará um "b", e não um "q", e você vai ler "bob". Se ficar de cabeça para baixo, o espelho não inverterá esquerda e direita, mas só alto e baixo.

ELE Esse raciocínio não me convence. Se me propus ficar de cabeça para baixo diante da poça, é porque queria assumir o ponto de vista dos habitantes da poça, que vivem de cabeça para baixo em relação a nós.

ELA Mas então por que você não faz a mesma coisa com o retrovisor? Por que não imagina que é um dos seus habitantes? Já que eles, como você diz, vivem com a esquerda e a direita trocadas, aquilo que para você é um "q" no espelho, para eles é um "p". Assim o problema desaparece. É por isso que os habitantes do espelho conseguem ler AMBULÂNCIA assim como nós, concorda? Se você os observar bem, quando eles lêem, movimentam a cabeça da direita para a esquerda (embora eu imagine que eles terão dificuldade em usar os *próprios* retrovisores).

ABELHUDO [*Aparece no espelho, depois de ter sinalizado irritantemente com o farol alto*] Atenção: vocês estão errando tudo. No retrovisor, a única inversão ocorre no sentido adiante-atrás.

ELA e ELE Perdão?

ABELHUDO Se aponto para o alto, vocês me vêem fazer o mesmo no espelho. Se ponho a seta para a esquerda, no retrovisor vocês me verão sinalizar à sua esquerda. Não há inversão em nenhum dos dois casos. Mas, se eu começar a ultrapassá-los, aí sim as coisas mudam: a minha imagem se move para vocês na direção oposta em relação ao meu sentido real de marcha. A única inversão é adiante-atrás.

ELA A sua argumentação sobre alto-baixo, direita-esquerda, adiante-atrás vai em sentido completamente distinto, ligado ao espaço externo. Sua fala diz respeito a direções absolutas. Nós falávamos das direções subjetivas.

ABELHUDO Este é o ponto da questão. Quando se diz que os espelhos invertem direita e esquerda, mas não alto e baixo, estamos falando de inversões muito diferentes.

ELE E o que se deveria dizer?

ABELHUDO Seria preciso dizer que espelhos invertem sempre *uma* direção absoluta, aquela perpendicular à superfície do espelho: pense mais uma vez na poça.

ELE Então, quando nos vemos no espelho, a inversão corpórea que observamos seria uma ilusão?

ABELHUDO Depende de como nos colocamos quanto à direção adiante-atrás. Se estivermos na frente do espelho, então diremos que estão invertidas a direita e a esquerda do corpo (e, por extensão, de qualquer objeto, como as letras do alfabeto, que para serem usadas necessitam que o nosso corpo assuma uma certa direção: por isso "pop" se torna "qoq"). Se, no entanto, nos alinharmos à direção adiante-atrás, então é como se estivéssemos de cabeça para baixo: neste caso, o alto e o baixo corpóreos serão invertidos, e "pop" se tornará "bob".

ELE e ELA E se ficarmos de perfil?

ABELHUDO Deve-se estar atento a como formular a pergunta. E agora, me desculpem, preciso urgentemente sair do seu retrovisor... Obrigado... Devo deixar a ambulância passar.

Parece que o trabalho de Einstein no Escritório de Patentes de Berna, nos anos em que ele elaborava a Relatividade Restrita, dizia respeito à análise de vários projetos de coordenação entre os relógios das estações. A Relatividade Restrita — capítulo quase filosófico da física — estaria, pois, em linha direta com o debate entre os burocratas das ferrovias? Para quem não estiver convencido, a carta do Sineiro de Vale Final faz lembrar que, em problemas de coordenação, o Tempo não pode ser facilmente separado do Espaço. Certo, uma coisa é o som dos sinos, outra, a velocidade da luz. Mas uma coisa é o Sineiro de Vale Final, e outra, Einstein. Só que isso não acaba aqui. Os conceitos de Espaço e Tempo estão ligados na intuição a uma geometria particular, que é a dos objetos dispostos à nossa volta, ao alcance da mão, e de um Horizonte que, a despeito do que aprendemos nos livros, continuamos a considerar um tanto plano. Entretanto, vimos que basta começar a pensar numa escala maior para perdermos a bússola numa terra que plana não é, e sim curva. Ainda funcionam conceitos como Dentro e Fora, Aniversário, Estação? Outros conceitos, como o de Direita e Esquerda, Alto e Baixo, permitem por sua vez considerar o espelho uma janela sobre a confusão de subjetivo e objetivo na descrição do próprio Espaço, uma confusão em que esses conceitos nos enredam e da qual é difícil sair. Esclarecido este ponto, podemos até começar a pensar nos objetos e nos eventos concretos, ou seja, naquelas coisas tangíveis que encontram morada no Espaço e no Tempo, das quais às vezes os nossos conceitos são Abstrações. De fato é isso que pretendemos fazer no capítulo

CINCO

no qual, a partir de uma série de discussões aparentemente inocentes, aprende-se que afinal de contas não é tão fácil contar as coisas e dar a elas uma Identidade, a ponto de uma ameba não saber mais quem é, de um juiz perspicaz ser constrangido a asseverar que um mais um é igual a um, de um atleta não conseguir contar o que fez durante o dia e de um trem quase desaparecer só porque uma senhora se mostrou muito escrupulosa.

O último caso do presidente das Amebas

AO PRESIDENTE DO COMITÊ DE DIREÇÃO DO POVO DAS AMEBAS

Respeitável Presidente,

Escrevo-lhe para solicitar uma intervenção de Vossa Alta Autoridade numa questão de vital importância para mim. Vinte segundos atrás, separei-me da minha ameba ancestral imediata, M45YY. Com efeito, *estamos* divididas, uma vez que a ameba ancestral cindiu-se em duas partes. Pois bem, chegou-me a notícia de que cinco segundos atrás a *outra* parte teria arrogado direitos exclusivos sobre a filiação, pretendendo conservar todo para si o nome M45YY. Para evitar equívocos, solicito um parecer do Comitê de Direção que reconheça os meus plenos direitos.

Assinado: M45YY

AO PRESIDENTE DO COMITÊ DE DIREÇÃO DO POVO DAS AMEBAS

Respeitável Presidente,

Escrevo-lhe para solicitar uma intervenção de Vossa Alta Autoridade numa questão de vital importância para mim. Vinte segundos atrás, separei-me da minha ameba ancestral imediata, M45YY. Com efeito, *estamos* divididas, uma vez que a ameba ancestral cindiu-se em duas partes. Pois bem, chegou-me a notícia de que cinco segundos atrás a *outra* parte teria arrogado direitos exclusivos sobre a filiação, pretendendo conservar todo para si o nome M45YY. Para evitar equívocos, solicito um parecer do Comitê de Direção que reconheça os meus plenos direitos.

Assinado: M45YY

ÀS AMEBAS PROVISORIAMENTE ETIQUETADAS M45YY[A] E M45YY[B]

Companheiras,

Dois segundos atrás, recebi simultaneamente duas cartas idênticas, cada uma das quais solicitando exclusividade ao nome M45YY. Como, por causa da pouca idade, vocês talvez ainda não saibam, mas devem facilmente imaginar, este Comitê está assoberbado de solicitações semelhantes. Para ser mais exato, em todos os cento e vinte minutos da minha longa carreira profissional, firmei um bilhão, duzentos e trinta milhões, quatrocentos e vinte mil, cento e noventa e sete respostas iguais a esta que lhes envio. A proposta que faço, e que fiz em todos os casos análogos, é que ambas aceitem o nome provisório que o Comitê designou automaticamente a vocês. Nesse caso, bastará apagar os colchetes após o nome. Peço-lhes que não suscitem ulteriores problemas, pois daqui a dois segundos e seis décimos me aposentarei para preparar a minha própria cisão.

Cordialmente
O Presidente

AO PRESIDENTE DO COMITÊ DE DIREÇÃO DO POVO DAS AMEBAS

Respeitável Presidente,

Acato as diretivas do Comitê e aceito o nome a mim designado. Vida longa ao ectoplasma.

M45YYA

AO PRESIDENTE DO COMITÊ DE DIREÇÃO DO POVO DAS AMEBAS

Respeitável Presidente,

Apresento recurso contra as diretivas do Comitê e rechaço o nome a mim designado. Vida longa ao ectoplasma.

M45YYA

COMPANHEIRA M45YY[B],

Infelizmente somos obrigados a reenviar ao remetente o seu pedido de recurso, pois o procedimento requer expressamente que a sua assinatura corresponda ao nome provisório designado por nós, e não ao reclamado por você. Mas não se preocupe. Caso considere que pode aduzir razões válidas, daremos a máxima atenção ao seu recurso: o Povo das Amebas respeita as opiniões individuais!

AO PRESIDENTE DO COMITÊ DE DIREÇÃO DO POVO DAS AMEBAS

Exímio Presidente,

Passaram-se seis décimos de segundo desde que eu e minha companheira de cisão recebemos a sua resposta, e já me encontro numa situação de grande inferioridade. A escolha de designar o sufixo "B" ao meu nome me penaliza gravemente no trabalho e nas relações afetivas. Mas, além dos aspectos biográficos, a minha oposição a tal escolha nasce de uma simples constatação: não há nem pode haver nenhuma razão para designar "B" para mim, e não para a minha companheira de cisão. Na falta de uma razão, não deveria ter sido dado prosseguimento à designação. E isso independentemente do fato de que, qualquer que seja a nomenclatura adotada, eu continue a me perguntar quem sou.

Assinado: M45YY... (não aceito o B)

COMPANHEIRA M45YY [B],

A razão aduzida por você nos remete ao Princípio de Razão Suficiente. Mas esse Princípio tem um valor *metafísico* (as coisas que ocorrem não ocorrem sem razão) e eventualmente *epistemológico* (se não encontramos uma razão para as coisas que ocorrem, não devemos pensar que por isso elas ocorram sem uma razão). No que diz respeito aos aspectos *normativos*, há tempos nossa jurisprudência decidiu eliminar o Princípio por considerá-lo não pertinente. E *há uma razão* precisa para essa decisão. O mundo das amebas é muito peculiar: é "um mundo de cinqüenta por cento". Isso porque a nossa biologia impõe que nos dividamos em duas partes, cada uma das quais reproduzindo exatamente a ameba originária. A metafísica nos constrange, pois, a escolher a estrada mais simples e considerar que, com a cisão, a ameba ancestral perece e duas novas amebas vêm à luz. Qualquer outra solução resultaria sem interesse ou perfeitamente arbitrária. Portanto, a única distinção sobre a qual podemos legislar diz respeito aos nossos *nomes*. Queremos certamente ir ao encontro do desejo das companheiras de manter um vestígio da própria origem, e por isso concedemos a quem o solicita (uma ínfima minoria, na verdade) que o nome da ancestral imediata seja conservado como parte do próprio nome. Mas não podemos avançar mais, senão com o arbítrio, e, quando designamos as extensões dos nomes, o fazemos do único modo que o nosso mundo de cinqüenta por cento nos concede, isto é, confiando no lance de uma moeda. Jogar cara ou coroa é uma prática irrepreensível no nosso mundo, e não faz sentido protestar contra os resultados do jogo invocando o Princípio de Razão Suficiente. Nem seria lícito protestar se o vento tivesse soprado, se o árbitro estivesse com o polegar sujo, se a moeda tivesse passado pelo bolso de uma criança etc. Em um mundo de cinqüenta por cento, esses fatores resultam irrelevantes.

Como lhe disse, preparo-me para entrar na aposentadoria e não terei tempo de responder a uma futura solicitação. Peço, portanto, que aceite o nome que lhe foi designado. No entanto, caso considere oportuno argumentar ulteriormente em favor de sua causa, não posso senão exortá-la a escrever a uma ou outra, à sua escolha, das duas amebas que tomarão o meu lugar.

A estátua escondida

ELE [*Arrasta além da soleira um bloco enorme de granito*] Cheguei! Olhe o que eu trouxe.

ELA Um cubo?

ELE Uma estátua. Vamos colocá-la aqui, bem na entrada.

ELA Finalmente uma obra de arte contemporânea. Muito elegante, eu diria até "minimalista". Pensava que os seus gostos fossem mais clássicos.

ELE Digamos que é um compromisso entre o classicismo e a modernidade: um lance moderno sobre um ícone clássico. Este cubo contém uma reprodução fiel do Davi de Michelangelo (em escala reduzida, é claro).

ELA Quer dizer que é uma caixa que pode ser aberta? Que idéia refinada: nunca tinha visto uma caixa de granito.

ELE Não. Não há coberturas. O cubo é todo maciço, sem partes móveis. Mas dentro deste cubo há uma parte que tem exatamente a forma do Davi de Michelangelo.

ELA Uma parte que tem exatamente a forma do Davi? E o que há de especial nisso? Esta melancia também tem dentro dela uma parte com a forma do Davi (em escala reduzida). E ainda uma parte com a forma da Vênus de Milo. E até uma parte em forma de Vênus de Milo coberta por uma parte em forma de Davi.

ELE Que bobagem! O verdureiro não é um artista. O autor desta obra é um escultor renomado, realizou uma série de dez reproduções de obras famosas. A obra é especial justamente porque todas as obras são circundadas por um amplo estrato de matéria, um estrato que corresponde exatamente ao material em que foi composta a estátua. Ela é feita de granito, e o estrato foi disposto de modo a formar um cubo. Mas também havia de mármore e de pedra-sabão. E de várias formas: cônicas, esféricas, piramidais...

ELA E a forma de Davi? Quero dizer, por que não uma estátua do Davi circundada por um estrato de matéria em forma de Davi?

ELE Como?

ELA Entendi, passaram a perna em você. Como pôde acreditar na história do estrato? O galerista lhe vendeu um cubo de granito e ponto. Uma parte escondida inteiramente no interior de um bloco de granito não é uma estátua, ainda que tenha a forma de uma estátua.

ELE Mas se é a forma do Davi, por que não é um Davi?

ELA Não é um Davi porque não é *ainda* um Davi. Só se tornaria um Davi se o artista o trouxesse à luz, desbastando aquilo que você chama de estrato externo. Depois disso, poderíamos dizer que esse pedaço de granito (aquela parte do bloco que agora se encontra escondida no interior) é uma estátua. Mas por enquanto temos somente uma parte circundada de outra parte. Um bloco de granito e só.

ELE Desculpe, mas você acha que a intenção do artista não conta.

ELA O seu cubo está mais para os Prisioneiros de Michelangelo do que para o Davi. Mesmo reconhecendo as intenções do autor, a obra é, na melhor das hipóteses, uma obra incompleta.

ELE Já eu sou da opinião de que, mais completa, impossível. Olhe que belo cubo. Fico emocionado com a idéia do meu Davi recolhido lá dentro. Além disso, esse Davi não é incompleto como os Prisioneiros: não falta nenhum dedo.

ELA Vejamos. Quantas partes no interior deste cubo têm a forma do Davi de Michelangelo?

ELE Deixe-me pensar...

ELA Eu respondo. Muitíssimas. Só para começar, imagine uma parte em forma de Davi. Agora imagine uma parte contida na primeira, com exatamente um milímetro a menos, e assim por diante. Ou imagine a parte que está exatamente um milímetro à esquerda da primeira, mas tem a mesma forma que ela etc. *Qual* destas é a parte que o seu artista teria "esculpido" mentalmente? *Qual* destas esculturas você comprou?

ABELHUDO [*Entrando sem bater, com roupa de carteiro. Olhando bem, nariz e bigodes parecem falsos*] Posso entrar?

ELE Como não? Até porque me parece que já está dentro.

ABELHUDO O senhor se esqueceu do folheto ilustrativo da escultura. Posso ler? "Este bloco de granito contém uma parte com dez centímetros de altura, situada a quarenta centímetros da base, centrada, na forma do Davi de Michelangelo, com o rosto virado para o lado norte do bloco. Esta é a minha escultura, intitulada Homenagem a Michelangelo. Assinado: O Artista."

ELE Disse dez centímetros. Bem, eu pensava que fosse um pouco maior. Todo esse granito em volta...

ELA É bom esse nosso artista: se não trabalha com os braços, usa a caneta. Mas eu ouvi bem? O rosto virado para o lado *norte*?

ELE Exatamente. Mas qual será o lado norte? Não está escrito em nenhuma parte do cubo. É um cubo perfeito, sem incisões ou sinais.

ABELHUDO Imagino que seja o lado que os senhores decidirão virar para o norte quando acharem o local mais adequado para a escultura.

ELE Mas é claro! Deste modo nós também estaremos envolvidos na realização da obra. Gosto cada vez mais desse artista.

ELA E se nenhum lado fosse voltado para o norte? Se o seu cubo fosse colocado meio de viés, não haveria mais a parte que nos interessa.

ABELHUDO Certo. A escultura em sua inteireza existe apenas quando um dos lados é voltado para o norte.

ELE De fato é uma obra engenhosa. Em parte existe, em parte não existe. E se fizéssemos o cubo girar? Toda vez que um lado se voltar para o norte haverá uma nova parte em forma de Davi voltada para o norte. Nossa escultura muda continuamente, como um móbile de Calder.

ELA Mas será a mesma escultura ou uma outra? Pense nisso: quando o lado número um estiver virado para o norte, haverá uma escultura; quando o lado dois estiver para o norte, haverá uma escultura; mas se trata da mesma escultura?

ABELHUDO [*Examina atentamente o papel, frente e verso*] Aqui não há nada a respeito.

ELE Se o artista não diz nada sobre isso, estamos livres para decidir. O que também me parece um aspecto muito original.

ELA Eu diria que se trata de uma escultura diferente a cada vez, pois a matéria que a constitui é diversa.

ELE Mas prefiro pensar que seja sempre a mesma obra, uma escultura que a cada vez se materializa numa parte diferente do cubo.

ELA Na minha opinião, você está se iludindo. Os Prisioneiros de Michelangelo não permitem toda essa liberdade, e por isso podemos falar deles como obras aprisionadas na pedra. São obras incompletas, mas em certo sentido são dotadas de uma individualidade. Já o seu Davi existe apenas na sua cabeça.

ELE Resta, porém, a dúvida: de que modo Michelangelo teria completado os Prisioneiros?

ELA Vejo aí um tema interessante para um artista conceitual um pouco menos preguiçoso do que o escultor do seu cubo.

A credência despedaçada

JUÍZA Quem quer falar primeiro?

SENHORA ROSSI Eu falo! Alguns dias atrás, comprei uma credência na loja de móveis do senhor Bianchi aqui presente, pagando o total do valor com um cheque de mil euros. E agora ele se recusa a efetuar a entrega!

SENHOR BIANCHI Recuso-me porque o pagamento ainda não está completo.

ROSSI Não diga tolices! Entreguei-lhe pessoalmente o cheque e tenho aqui o recibo do pagamento.

BIANCHI Senhora Juíza, me permita. É verdade que a senhora Rossi me deu os mil euros referentes ao custo da credência. Mas ainda deve efetuar um pagamento de mil euros para a aquisição das peças que a compõem. Portanto, o valor total é de dois mil euros.

JUÍZA Não sei se entendi bem. Se o custo da credência é de mil euros, por que o senhor pretende acrescentar outros mil?

ROSSI [*Gaguejando*] É o que eu estava dizendo.

BIANCHI Explico imediatamente. Não podemos entregar a

credência sem ao mesmo tempo entregar todas as partes que a compõem, certo? Por esse motivo, jamais pensaríamos em vendê-la sem também vender as suas partes. Sobre esse ponto sempre fomos muito claros, e os nossos clientes nunca disseram nada: quem compra um móvel deve também comprar as suas partes, e vice-versa.

ROSSI Nunca disseram nada porque nunca se deram conta do engodo! Mas eu não me deixo enrolar...

JUÍZA [*Para Bianchi*] De fato, sua explicação nos deixa perplexos. Como distinguir entre o móvel e as partes que o compõem? Não se trata da mesma coisa?

BIANCHI Se me permite, o móvel e o conjunto de peças que o compõem têm propriedades distintas. Pela lei de Leibniz, se isso tem propriedades diversas daquilo, então isso não é aquilo, trata-se de entidades distintas: nenhuma coisa pode ser diferente de si mesma. Por exemplo, a senhora concordará que, se eu desmontasse a credência e entregasse as peças desconexas à senhora Rossi, ela teria todo o direito de queixar-se.

ROSSI Com certeza!

BIANCHI O motivo disso é que, uma vez desmontada, a credência não existe mais. No entanto, as peças continuam a existir: ainda estão todas ali. Devemos, pois, concluir que estamos lidando com *duas* entidades distintas, uma das quais (o conjunto de peças) sobreviveria à desmontagem. São duas entidades distintas que nós, da loja de móveis Bianchi, obviamente vendemos juntas. Fazemos assim com todos os móveis, e temos orgulho disso. Jamais venderíamos peças desconjuntadas, deixando ao cliente o ônus de montá-las. No caso da credência adquirida pela senhora Rossi, o custo é de mil euros pelas peças e de mil euros pela credência. Total: dois mil.

JUÍZA Deixe-me entender. O senhor sustenta que a credência é diferente do conjunto das peças que a compõem na medida em que as suas propriedades são distintas.

BIANCHI Exato. Suas condições de sobrevivência são diferentes. Dou-lhe outro exemplo: a credência é em estilo Biedermeier, mas as peças isoladas não têm um estilo particular.

JUÍZA Entendo. Não entendo é por que o senhor então não cobra muito mais. Além da credência e das peças que a compõem, parece-me que a esta altura poderíamos distinguir muitas outras coisas. Por exemplo, todas as peças que compõem a credência podem ser cortadas pela metade, certo? Portanto, além de todas as peças que compõem a credência (as gavetas, o tampo, os puxadores e todo o resto), temos todas as suas metades, digamos a metade direita e a metade esquerda de cada peça. Segundo o seu raciocínio, uma vez cortadas, as peças não existiriam mais, mas as suas metades continuariam a existir. Logo, o conjunto das peças e o conjunto das suas metades têm condições de sobrevivência distintas. Estou errada?

BIANCHI Tem razão, não tinha pensado nisso... Espere enquanto tomo nota.

JUÍZA Espere o senhor e me ouça. Portanto, deveríamos distinguir entre a credência, as peças e a metade das peças. Cada parte da credência pode ser cortada de vários modos: nas metades esquerda e direita; nas metades de cima e de baixo; na frente e atrás; em três partes iguais; em quatro partes iguais etc. Devemos então concluir que cada corte de peça corresponde a uma entidade distinta?

BIANCHI De fato... Muito interessante... [*Continua a escrever, tentando acompanhar a juíza*]

JUÍZA E cada uma dessas entidades teria o seu preço?

BIANCHI [*Pára e pensa*] Bem, eu...

JUÍZA Senhor Bianchi, é óbvio. Seguindo essa trilha, sua credência chegaria a custar um preço infinito.

ROSSI [*Gaguejando*] E ainda dizia que era liquidação!

BIANCHI Senhora Juíza, me desculpe. Mas a senhora concorda que não basta ter as peças para ter a credência? Muito menos bastará ter as peças cortadas ao meio, ou cortadas cada uma em mil pedaços.

JUÍZA Estou de acordo. O que estou contestando é a sua convicção de que, com base nessa distinção conceitual, seja possível fazer uma distinção real. Por exemplo, conceitualmente há uma bela diferença entre a minha figura como pessoa e a minha figura como juíza. E é verdade: no dia em que me aposentar, não falaremos mais da juíza Verdi, pois esta senhora Maria Verdi continuará a existir, pelo menos por mais algum tempo. Mas o senhor não dirá que, por esse motivo, nesta cadeira agora estão sentadas duas pessoas: a juíza Verdi e a senhora Verdi.

BIANCHI Em certo sentido...

JUÍZA Mas não percebe o sofisma? É evidente a todos que nesta cadeira está sentado apenas um indivíduo. Um indivíduo que pode ser designado ou descrito de modos diversos. Os nomes e as descrições com que se pode descrever a minha pessoa podem variar com o passar do tempo, e algumas descrições podem até se tornar apropriadas quando outras não mais o forem, mas isso tem pouca importância. Analogamente, as peças de madeira podem ser compostas a fim de formar uma credência, ou serem cortadas em pedaços. No primeiro caso, seria correto referir-se a elas dizendo que são uma credência. No segundo caso, não. Mas isso não o autoriza a dizer que estamos lidando com *duas coisas* distintas. A credência nada mais é que a soma de suas partes dispostas de uma certa maneira. E quem compra uma credência compra as partes que a compõem *dispostas dessa maneira*. (Eis por que o adquirente teria o direito de queixar-se se lhe fosse entregue uma credência desmontada.) Se o senhor cobrar mil euros pela credência e mil pelas peças, pode cobrar. Mas, quando preparar a fatura, lembre-se de que o total corresponde a mil euros, porque se trata de uma única e mesma coisa. O caso está encerrado.

Holter Monitor

ELA Que aparelho estranho. Parece um leitor de CD, mas estou vendo que tem fios que descem sob a sua camisa. Para que serve?

ELE É um Holter Monitor: registra a atividade elétrica do coração por vinte e quatro horas. É por causa da minha atividade esportiva. Hoje, por exemplo, fiz vinte quilômetros de bicicleta, com muitas subidas, e todas as minhas batidas estão registradas, uma por uma. Assim posso me preparar cientificamente para os próximos treinos.

ELA E como você vê as informações?

ELE Este arquivo de memória pode ser diretamente retirado e inserido em um computador. Na tela aparece um diagrama. Aliás, já concluí as minhas vinte e quatro horas, posso lhe mostrar como funciona... Pronto, está vendo? Estes são os meus batimentos às nove e meia da manhã... Estava em repouso, atividade muito lenta. Já aqui deve ter sido uma pedalada na bicicleta, chego a cento e trinta. De fato, foi um passeio às 14h20.

ELA Mas você se lembra de tudo o que fez durante o dia?

ELE Obviamente precisei fazer um diário das minhas atividades, desde ontem à noite até agora. Recebi um formulário específico para isso.

ELA Então, ao ler o diário, você pode relacionar as suas funções cardíacas a cada momento do dia. Muito interessante. É como ter uma fotografia completa do funcionamento do coração, com todas as causas que determinam uma mudança na atividade dele.

ELE Exatamente.

ELA Mas...

ELE O quê?

ELA Mas espere um momento. Posso ver o seu diário? Se não há nada confidencial...

ELE Claro, pode ler.

ELA Vejamos... Das dez horas às 10h20 você está sentado, estudando. Às 10h20, se levanta e vai à cozinha comer um brioche. Às 10h25, volta a se sentar e a estudar, até as 10h55. Correto: três períodos, três ações. Mas agora veja... Às 10h55, sai de casa e vai comprar outro brioche, retornando às 11h15. Pareceria que você fez uma quarta coisa. Mas acho que há uma enorme diferença entre comer um brioche na cozinha e ir comprar um brioche no bar. No segundo caso, você faz muitas outras coisas: sai de casa, desce as escadas, caminha pela rua, entra na fila do caixa, pede o brioche, o recebe, paga, e assim por diante. Por que considerar tudo isso uma única ação?

ELE Tem razão. Mas o mesmo raciocínio não vale também para o brioche da cozinha? Eu me levanto, vou até lá, abro o armário, pego o brioche, coloco-o na boca, mordo... Aqui também há várias ações.

ELA Por isso mesmo. Que critério decide *quantas* ações existem?

ELE Suponho que me limitei a classificar de acordo com a ação que me pareceu mais importante naquele momento.

ELA Em certo sentido, há uma ação importante, que é o fim da sua atividade e que "domina" ou "comanda" todas as outras.

ELE Sim, aí está um critério: basear a descrição da atividade diária em ações relevantes. Se não me engano, acho que anotei todas as ações que na minha opinião implicavam algum aumento da atividade cardíaca, ainda que provavelmente a maior parte dessas ações tenha passado despercebida. Penso, por exemplo, em todas as acelerações que ocorrem quando andamos de bicicleta. Por outro lado, como você bem notou, registrei o meu deslocamento da poltrona para a cozinha. Talvez eu tenha dado importância ao trânsito para a cozinha porque fiquei muito tempo parado num lugar. Será que classificamos as ações de acordo com os lugares em que as executamos?

ELA Os psicólogos estudaram atentamente o modo como subdividimos uma ação em seqüências menores. Parece que há aí uma certa influência da linguagem: temos palavras para determinadas ações, mas não para outras, e subdividimos o dia em seqüências de ações para as quais encontramos palavras.

ELE Há um artista americano, Kenneth Goldsmith, que publicou um diário em que registrou todas as ações do seu dia. Não só comer um brioche, mas também erguer o braço, levar o brioche à boca...

ELA Não acho que alguém possa registrar *todas* as ações que faz.

ELE Por que não?

ELA Pense bem. Você comeu o brioche. Na condição de bom anotador, logo em seguida você escreve que comeu o brioche. Se tivesse que registrar *todas* as suas ações, você não deveria escrever imediatamente que escreveu ter comido um brioche? E logo em seguida, mais uma vez, não deveria escrever que (1) escreveu que (2) escreveu que (3) comeu um brioche? E assim até o infinito?

ELE Mas assim você não consegue demonstrar que seria impossível registrar *todas* as ações. De fato, ao final do dia, estariam registradas todas as ações, ainda que elas se reduzissem a escrever que escreveu que escreveu... (quem sabe quantas vezes): no fundo, terminado o dia, eu não teria feito outra coisa. O verdadeiro problema me parece outro. Escrevi que comi um brioche. Nesse ponto por que escrever que escrevi a frase "Comi um brioche"? Eu poderia até escrever que escrevi a palavra "Comi" e depois a palavra "um" e finalmente a palavra "brioche". E, logo em seguida, que escrevi que escrevi a palavra "Comi" e que depois escrevi a palavra "um"... E assim por diante, até o infinito.

ELA Por que escolher a descrição daquilo que você fez em termos de palavras, e não de frases?

ELE Não há um porquê, esta é a questão. Obviamente eu também poderia descrever o que eu fiz letra por letra: escrevi a letra "C", depois o "o"... O fato é que não há uma *coisa certa* a escrever para registrar a ação em que escrevi que comi um brioche. Não há uma descrição "boa" daquilo que fiz. Isso deveria paralisar-me imediatamente!

ELA Justamente. Então a tarefa de registrar todas as ações do dia é impossível. Não se pode determinar o número preciso de ações que alguém realiza, mais ou menos como não se pode determinar o número exato de todos os objetos que se encontram num quarto.

ELE Mas o teste Holter não pede que *todas* as ações sejam registradas. Para o médico, bastam as descrições mais amplas.

ELA Então digamos que quem se submete ao teste deve receber instruções mais precisas: em que medida a descrição do seu dia deve ser detalhada?

Fila treze

[VOZ DO COMISSÁRIO] Apertem os cintos de segurança.

PASSAGEIRO Bom dia, desculpe, preciso passar para chegar à minha poltrona. 14 K. Pronto, aqui está bom. A viagem é longa...

ELE Sim, é longa. Até demais para o meu gosto: fico sempre meio nervoso nos aviões. Pode ser superstição, mas pelo menos não estamos na fila treze!

PASSAGEIRO Não gostaria de assustá-lo, mas esta *é* a fila treze.

ELE Como? Não estamos na catorze?

PASSAGEIRO Esse é o número escrito aqui em cima. Mas olhe o número da fila na nossa frente.

ELE Doze! Estamos sentados na fila seguinte à doze! Portanto, estamos na fila treze, mesmo que escrevam "catorze". Quero mudar...

PASSAGEIRO Se quer mudar, isso significa que o senhor é um platônico. Acha que os números existem e que são sempre os mesmos, independentemente de como os chamamos, certo?

ELE Não sei se sou um platônico, mas sou supersticioso. E,

se esta é a fila seguinte à fila doze, algo me diz que estamos justo onde eu não gostaria de estar, independentemente de como os funcionários desta companhia aérea chamam este lugar. Aliás, me sinto enganado: se não fosse o senhor, teria continuado a pensar que estou sentado tranqüilamente na fila catorze.

PASSAGEIRO No entanto, embora o senhor seja uma pessoa supersticiosa, talvez não haja motivo para preocupação. Talvez a fila treze existisse, mas depois a retiraram e eliminaram o espaço entre a doze e a catorze. Talvez tenham colocado todas as filas treze de todos os aviões desta companhia em algum hangar.

ELE Praticamente uma sala de cinema. Duvido que as companhias aéreas façam tudo isso pelos clientes supersticiosos. Eles se limitam a suprimir um número, acreditando que isso baste para fazê-lo desaparecer.

PASSAGEIRO É verdade. É incrível que nunca nenhum passageiro tenha se queixado.

ELE Até porque, se o problema era realmente com o nome, as companhias poderiam ter mantido a fila treze e escrito "doze bis" ou até "fila sem número". Se não me engano, em Nova York há muitos arranha-céus com um andar "doze bis", justamente por esse motivo.

PASSAGEIRO Veja, estou indo para uma metrópole onde estão construindo o Palácio da Cultura, um arranha-céu de trezentos andares.

ELE A nova Torre de Babel.

PASSAGEIRO Você não sabe com quantos problemas desse tipo nós topamos na fase do projeto. Os italianos não querem o andar dezessete, os americanos não querem o treze. Tivemos que pular o terceiro, o sétimo, o quarenta e oito e muitos outros: cada cultura tem os seus números de azar. Mas não é só isso. Os europeus contam o térreo como andar zero, já os americanos o consideram o primeiro andar. Por isso também tivemos que pular o dezesseis, o doze etc.

ELE Mas como vocês fizeram para "pular" os andares? É tudo de mentira, como as companhias aéreas?

PASSAGEIRO Não. Fizemos uma sondagem e constatamos que setenta por cento da população mundial é platônica, assim como o senhor. Por isso, terminamos optando por deixar os andares vazios: espaços abertos, buracos arquitetônicos. De longe, o Palácio da Cultura parecerá uma espécie de bordado.

ELE Deveria rebatizá-lo de "Palácio da Superstição". Reconheço que não é fácil agradar a todos. Talvez seja por isso que as superstições são mais ligadas aos símbolos do que às coisas. Em suma, esta conversa me deixou nervoso. Vamos ver o que temos na programação musical. Aqui está... *O Canto da Terra*, de Mahler. Bom, muito relaxante.

PASSAGEIRO Uma coincidência infeliz, se me permite. O senhor esquece que, para evitar o mesmo fim dos compositores que só conseguiram viver até a nona sinfonia (Beethoven e Schubert, por exemplo), Mahler decidiu considerar o *Canto da Terra* a sinfonia seguinte à oitava, apressando-se a compor logo uma outra sinfonia e meia...

ELE As que hoje chamamos nona e décima? Então deveríamos dizer a décima e a décima primeira. É, parece que as superstições não servem para nada se não prestarmos atenção na metafísica dos números.

PASSAGEIRO O problema é que o truque não funcionou: Mahler morreu antes de que a sua "nona" pudesse ser executada em público.

Trem cancelado

[ALTO-FALANTE] Avisamos aos senhores passageiros que o trem das 17h02 para a capital foi cancelado.

ELE [*Dizendo para si*] Isso é um problema. Pensei que conseguiria chegar para o jantar. Mas é sempre assim com as ferrovias! Nunca podemos nos programar.

SENHORA AO LADO Estou preocupada. O que fizeram com o trem das 17h02?

ELE Desculpe, em que sentido?

SENHORA O aviso dizia que ele foi cancelado.

ELE Eu ouvi, e é por isso que estou irritado. A senhora também vai à capital?

SENHORA Sim, mas a questão não é esta. Adoro trens, e a idéia de que cancelaram um me dá arrepios. Sabe-se lá o que aconteceu. Foi destruído? Queimado? Soterrado?

ELE Perdão, mas a senhora acha que eles cancelaram um trem concreto, feito de locomotiva e de vagões?

SENHORA E o que mais eles poderiam cancelar? Que eu saiba, quando me falam de trens me falam de vagões, poltronas, janelinhas. Coisas concretas. Nunca me aconteceu de viajar num trem abstrato. Portanto, se me dizem que o trem das 17h02 foi cancelado, suponho que poltronas, janelinhas e vagões foram cancelados.

ELE Então a senhora é aquilo que os filósofos chamam de nominalista: só acredita na existência das entidades concretas.

SENHORA O senhor por acaso acredita em trens abstratos?

ELE Com certeza. A linguagem nos permite falar tanto de coisas concretas, como o trem que vemos chegar neste momento na plataforma número 9, como de coisas abstratas, como o trem que chega todos os dias nesta mesma hora na plataforma 9. Os trens concretos podem ter problemas técnicos, mas, quando se cancela um trem, não se cancela um trem concreto, e sim uma entidade abstrata: cancela-se um certo tipo de trem.

SENHORA Se o senhor pensa que os trens cancelados são entidades abstratas, então a coisa é mais preocupante ainda. Se cancelaram o trem das 17h02 no sentido proposto pelo senhor, então quer dizer que não haverá mais trens às 17h02 para a capital. Nunca mais.

ELE Deixe-me corrigir. Foi cancelado um evento de um certo tipo, um evento previsto para as 17h02 de cada dia: a partida do trem para a capital.

SENHORA Não sei se o entendi bem. Um trem não é um evento, acho, mas uma coisa feita de ferro. De qualquer modo, o senhor fala de um evento concreto ou de um evento abstrato? Ou melhor, o senhor toma com freqüência o trem das 17h02?

ELE Todas as sextas, para voltar para casa.

SENHORA Então admita que se trata de um evento diferente a cada vez. Portanto, o senhor concordará que a entidade cancelada, ainda que se trate de um evento, não é uma entidade abstrata. A seu modo, é uma entidade concreta, irrepetível. Se partíssemos amanhã às 17h02, seria um evento muito diferente daquele que foi suprimido: seria uma outra partida.

ELE A senhora pega sempre o trem das 17h02?

SENHORA Tenho uma agenda muito minuciosa. Posso lhe dar a lista completa. Vejamos. Na sexta passada, tomei um trem que partia às 17h02 para a capital. Duas sextas atrás, tomei um trem que partia às 17h02 para a capital. Três sextas atrás...

ELE Já entendi, estou vendo que o seu nominalismo é de ferro, como os trens em que viaja. A senhora se recusa a dizer que toma sempre o trem das 17h02 para a capital, como eu diria. Mas, ao se recusar a falar de tipos abstratos, como consegue se comunicar quando fala? Toda vez será preciso desfiar uma lista imensa de coisas concretas ou de eventos particulares.

SENHORA Não tenho nenhum problema em dizer que tomo "o mesmo trem" a cada sexta, se o senhor prefere assim, mas só em sentido muito aproximado. Como quando eu me queixo com os meus amigos de que eles me forçam a comer sempre "as mesmas coisas": obviamente não pretendo dizer que a comida continue a entrar e a sair da minha boca.

[ALTO-FALANTE] O trem número 819 com destino à capital partirá às 17h45, e não às 17h02.

ELE Ouviu? Devem ter resolvido o problema.

SENHORA Espero que o senhor esteja certo, mas como faz para estar tão seguro? Talvez o nosso trem já tenha sido cancelado [*suspira*] e agora pedem que a gente tome esse outro...

ABELHUDO Peço licença. Não sou nominalista, mas concordo com a senhora. Quem nos garante que se trata do mesmo trem, ou melhor, do trem abstrato mencionado pelo senhor?

ELE Perdão?

ABELHUDO Como pode ser o trem das 17h02, se parte às 17h45?

ELE Foi anunciado como o trem número 819. E esse é o trem que deveria partir às 17h02. O nome dele é "Trem número 819".

ABELHUDO Deixe o nome para lá (do contrário, aí sim, nos

tornaremos nominalistas). O problema é a entidade denominada: trata-se de fato do mesmo trem? No fundo, uma das propriedades que o definiam (partir às 17h02) saiu de cena. Pense: se o trem agora fizesse novas paradas, seria o mesmo trem? Se partisse com alguns vagões a menos? Se partisse de uma plataforma diferente daquela indicada no painel?

ELE Para mim, o fato de que um trem parta com 43 minutos de atraso não significa nada especial. Aliás, devo dizer que o trem 819 das 17h02 para a capital nunca parte exatamente às 17h02.

ABELHUDO Mas note que não aceitaríamos tão facilmente que um trem partisse com 43 minutos de antecedência. Nunca diríamos que se trata do mesmo trem.

ELE Mas os trens nunca partem com antecedência...

ABELHUDO Então suponhamos que por algum motivo o trem 819 para a capital parta com 24 horas de atraso, às 17h02 de *amanhã*. Não me venha dizer que é o mesmo trem.

ELE Eu não digo nada! Pergunte à senhora. Quanto a mim, se o anunciaram como o trem das 17h02 para a capital, então é o trem das 17h02 para a capital, não importa de onde ou quando ele parta.

SENHORA Que idéia absurda. A identidade do trem é definida pela identidade dos vagões, das poltronas, das janelinhas que o compõem.

ABELHUDO Ambos são malucos. Em vez de trens abstratos ou concretos, deveriam fazer como eu: sempre viajo de ônibus.

Os novos satélites

ELA Ouça isto: "O que é um conceito? Numa primeira aproximação, um conceito é aquilo que determina uma classe de objetos (classe que também pode ser constituída de um só elemento: por exemplo, o conceito de satélite da Terra determina uma classe que tem um único elemento, a Lua)".

ELE Como? A Terra teria um único satélite?

ELA Sim. Há planetas como Júpiter que têm mais de um, mas a Terra só tem a Lua.

ELE Mas e os satélites artificiais?

ELA Bem, em certo sentido eles também são satélites da Terra. Talvez fosse necessário especificar que o conceito de "satélite *natural* da Terra" determina uma classe que tem um só elemento, a Lua. Assim ficaria correto, pois só existe um satélite natural da Terra.

ABELHUDO [*Passava por ali correndo, ouviu as palavras finais da conversa e freou numa nuvem de poeira*] Ah, não. Há muitos outros satélites naturais. Trabalho para uma companhia que acabou de pôr em órbita vinte e quatro deles.

ELA E daí? Se foi a sua companhia que lançou, eles não são muito naturais... Pode ser que agora outros vinte e quatro satélites artificiais estejam em órbita, mas o único satélite natural da Terra continua sendo a Lua.

ABELHUDO De jeito nenhum! Os satélites lançados por nossa companhia são grandes pedras encontradas no leito de um rio que passa por uma zona desabitada. Tivemos todo o cuidado de escolher objetos *naturalíssimos*, acima de qualquer suspeita.

ELA Que idéia estranha. E por qual motivo vocês põem pedras em órbita?

ABELHUDO É uma obra de arte conceitual. As pedras agora estão em órbita geoestacionária e marcam o tempo ao entrar e sair da noite, que nada mais é que a grande sombra da Terra. A cada hora aparece um no céu.

ELA Muito poético e educativo. Mas, apesar do aspecto artístico, são e continuam sendo satélites artificiais.

ABELHUDO Mas por quê? Se eu tivesse metido a mão e deslocado um daqueles rochedos teria feito algo artificial?

ELA Não. Deslocar uma pedra não é um ato que a transforme significativamente. Claro, se tivesse sido esculpida... Uma estátua com certeza um artefato, algo de artificial.

ELE Também estou de acordo. Há filósofos que pensam que as estátuas são apenas pedras, pedaços bem modelados de matéria. Em todo caso, quer sejam estátuas ou pedras (depois de serem modeladas), são objetos elaborados artificialmente.

ABELHUDO Mas um artista que trabalha com *objets trouvés* muitas vezes se limita a deslocar uma coisa (uma pedra, uma pluma) do seu lugar natural para um museu ou galeria, onde se torna uma obra de arte. Às vezes basta deslocar uma coisa para transformá-la em objeto de arte...

ELA Às vezes sim.

ABELHUDO Mas isso não significa que se trata de um objeto

artificial. Se uma noite um artista conceitual convidar os amigos para a sua cobertura e lhes apontar a Lua, dizendo: "Durante vinte segundos, a Lua será parte de uma obra de arte efêmera", pode-se pensar que a Lua se torna um objeto *de arte*. Mas não me venham dizer que, ao fazer isso, o artista transforma a Lua num objeto *artificial*.

ELA Não, o artista deveria intervir materialmente. É o lançamento em órbita que faz a diferença, e ao que parece o seu artista não pôs a Lua em órbita. Já vocês fizeram exatamente isso: as suas vinte e quatro pedras estão num lugar completamente inatural para elas, e por isso devo chamá-las de satélites artificiais.

ABELHUDO Segundo Aristóteles, as pedras tendem a cair porque almejam alcançar o seu lugar natural. A teoria que a senhora propõe é muito aristotélica: por acaso acha que existe um lugar natural para cada coisa? Se levarmos essa idéia para a nossa discussão, no final bastará atirar uma pedra ao ar para que ela se torne um objeto artificial.

ELA Eu não disse que as suas pedras são *objetos* artificiais. Disse que são *satélites* artificiais. Há uma bela diferença.

ELE Estou de acordo: são dois conceitos distintos. No entanto, eu diria que as suas pedras não são nem mesmo satélites artificiais. Aquilo que chamamos de "satélites artificiais" são objetos muito diferentes: aparelhos arredondados, metálicos, munidos de pequenos propulsores, antenas etc. Há alguns que nunca entram em órbita, mas continuam sendo satélites artificiais.

ABELHUDO Asseguro-lhes que as pedras lançadas em órbita pela nossa companhia não têm nada a ver com essas engenhocas!

ELA Devo admitir que o conceito de satélite artificial não é tão facilmente analisável em suas partes. Há satélites artificiais que não são satélites, como os que ficam na Terra, e há satélites postos artificialmente em órbita que não são satélites artificiais, como as suas pedras.

ELE Então essas pedras não são nem objetos artificiais nem satélites artificiais.

ELA Certo. Mas isso não significa que sejam satélites naturais. Aliás, continuo achando que não o são em absoluto: são satélites e são naturais, mas o fato é que o único satélite natural da Terra ainda é a Lua.

O Leitor não deve ter deixado de notar a feroz obstinação da Metafísica em querer propor as suas questões a cada giro do pensamento. O Uno e o Múltiplo são o grande tormento dos filósofos. Abandonar-se ao Múltiplo significa perder de vista aquilo que liga as coisas entre si; escolher o Uno implica não conseguir mais ver o que as torna diversas. Dito assim, o problema pode parecer misterioso, e não há dúvida de que páginas incontáveis de Filosofia acadêmica foram escritas para tentar chegar ao fundo da questão — páginas de leitura quase sempre árdua. Nossas breves parábolas, que dizem respeito não só às formas viventes (ainda que humildes) como as amebas, mas também aos artefatos, às obras de arte, aos eventos, pretendem, além de ilustrar as principais perplexidades, também indicar soluções. A estratégia que se esconde entre as linhas, e na qual o Leitor certamente prestará a máxima atenção, consiste em ver algumas questões metafísicas como questões de linguagem. Freqüentemente as coisas nos parecem Unas e Múltiplas dependendo de como as descrevemos, como bem diz a Juíza quando se nega a ser Duas pelo simples fato de ser chamada de dois modos diferen-

tes, afirmando assim o seu ser Uno. Mas dar nomes adequados, que espelhem os nossos conceitos, não é fácil, e essa parece ser a lição do projeto, aliás bastante risível, de lançar pedras em órbita, proposto pelo inesgotável Abelhudo. E com isso chegamos ao capítulo

SEIS

em que se dá o justo peso às coisas ditas e se busca com esforço cada vez maior controlar o incontrolável Abelhudo, que demonstra, contrariamente ao senso comum, que uma Palavra vale mil Imagens, e não uma Imagem, mil Palavras; e em que ao fundo comparece um Capuz caprichoso e se esboça uma discussão só superficialmente ociosa sobre a dificuldade de compilar um dicionário.

Ao pé da letra

VENDEDOR Bom dia, senhor, em que posso ajudar?

ELE Bom dia. Estava passando e decidi aceitar o seu convite.

VENDEDOR Que convite?

ELE O de entrar por esta porta.

VENDEDOR Como?

ELE O cartaz diz: "Entre pelo número 15 da rua Maccani". Este é o número 15 da rua Maccani, não?

VENDEDOR Sim, claro, me desculpe, eu não tinha entendido. Estamos em obras e infelizmente, no momento, a entrada da rua Tamigi está interditada. Em que posso ajudá-lo?

ELE Não sei, sou eu que pergunto qual o motivo do seu convite para entrar por esta porta.

VENDEDOR Como lhe dizia, a entrada da rua Tamigi está fechada para obras...

ELE De novo! Já entendi perfeitamente. O que não entendi é por que vocês convidam todos os passantes a entrar aqui. Além disso, estou com uma certa pressa e agradeceria se o senhor fosse direto ao ponto.

VENDEDOR [*Desconfiado, mas sempre gentil*] Mas nós não pedimos nada a ninguém. O cartaz se dirige àqueles que pretendem visitar a loja. Se o senhor não deseja entrar, não precisa fazê-lo, não é essa a nossa intenção.

ELE Se o cartaz se dirige apenas a certas pessoas, por que vocês não dizem isso claramente? Pode-se escrever, sei lá, "Os clientes que desejarem entrar na Revendedora Premiada Castoldi estão convidados a entrar pelo número 15 da rua Maccani", e tudo fica mais claro. Eu, por exemplo, não pretendia entrar nesta loja (nem sabia da existência dela) e, se lesse uma mensagem como essa, me sentiria livre para não entrar. Mas o cartaz de vocês diz textualmente: "Entre pelo número 15 da rua Maccani". Trata-se de um imperativo, e, no instante em que li a frase, senti-me convocado como qualquer um que a tivesse lido.

VENDEDOR Desculpe, mas o senhor não acha que certas coisas podem estar implícitas? Não me diga que o senhor atravessa a rua toda vez que o semáforo indica "Siga", ou puxa toda porta em que está escrito "Puxe".

ELE O que o senhor quer dizer com isso? Se leio "Puxe", eu puxo, é óbvio. Qualquer coisa que estiver ao alcance da minha mão, porta, carrinho ou corda. Por que alguém escreveria "Puxe" se não quisesse que puxassem?

VENDEDOR Tentarei explicar. É claro que, em casos como esse, a interpretação da mensagem pressupõe um certo sentido de pertinência por parte do interlocutor. Não se trata de imperativos a serem seguidos cegamente. A regra implícita é "Sejam pertinentes em relação ao objetivo do discurso". Segundo os filósofos da linguagem, essa é uma das normas fundamentais da boa conversa, e eu diria que ela se aplica a toda forma de comunicação, incluindo mensagens e sinalizações de rua.

ELE Não consigo entender essa lengalenga.

VENDEDOR Posso mencionar as outras regras? Além da regra

de pertinência, há pelo menos outras três: 1) a da clareza, ou seja, evitar expressões obscuras, ambíguas ou muito complicadas; 2) a da veracidade, ou seja, fornecer apenas informações verdadeiras e baseadas em provas; e 3) a da quantidade, ou seja, fornecer um volume de informação correspondente ao solicitado em relação ao objetivo do discurso, nem mais nem menos.

ELE Agora me parece que o senhor está exagerando. Se eu não tivesse tanta pressa, exigiria falar com o seu superior. Mas hoje é o seu dia de sorte: preciso correr para a estação.

VENDEDOR [*Aliviado*] Para onde vai viajar?

ELE E eu sei? Acabei de ler no jornal: o aeroporto está fechado e é preciso tomar o trem!

O Dicionário Inteligente

DE: COMITÊ DE LEITURA

Prezada Redação, analisamos atentamente o manuscrito do Dicionário Inteligente, organizado pela professora Poucaspalavras, e não tivemos dúvida em redigir um parecer favorável à sua publicação. A idéia da organizadora é brilhante, e a Editora poderá contar com um produto elegante e compacto, isento de noções inúteis (com uma conseqüente economia de páginas e, portanto, de árvores), que acima de tudo evitará o irritante problema da circularidade. Agora passaremos a apresentar as nossas razões.

Em vários dicionários se encontram definições que giram em falso. Por exemplo, temos um aqui em que se define "ação" como "o resultado do agir", e "agir" como "aquilo que resulta em uma ação". Se alguém quiser saber o que é uma ação, deverá sabê-lo antes. Essas definições são circulares, e por isso carecem de conteúdo informativo. Claro, nem todas as palavras são definidas desse modo; por exemplo, ainda não encontramos um dicionário em que o cão é definido como o melhor amigo do homem, e o homem é definido como aquele de quem o cão é o melhor amigo. Porém, os casos de circularidade são muito freqüentes, e para uma mente cultivada pela lógica, e sensível à precisão, esses círculos são absolutamente viciosos. Note-se, todavia, que não basta alargar o raio do círculo para eliminar-lhe o caráter vicioso. Podemos definir "ação" como "aquilo que um agente faz", "agente" como "aquele que age", e "agir" como a "realização de uma ação": é evidente que de novo giramos em círculo. Temos a suspeita de que muitas vezes os dicionários fazem isto: alargam o círculo para ocultar a circularidade. Mas a substância do problema não muda.

Ora, a exímia professora Poucaspalavras teve uma idéia engenhosa. Cancelemos — diz ela — todas as palavras que não precisam de definição, porque são tão comuns que já conhecemos os seus significados. Depois definamos o que acharmos necessário, mas tentando usar aquelas palavras que dispensam definições. Assim evitaremos cair em círculos. Se, por exemplo, definimos "ação" como "aquilo que uma pessoa faz", topamos com a palavra "pessoa": como todos sabem o que é uma pessoa, é inútil buscar no dicionário uma definição para "pessoa". E, se ninguém a procura, podemos tranqüilamente cancelar essa palavra do dicionário. Trata-se realmente do ovo de Colombo.

DE: DEPARTAMENTO DE MARKETING

Prezada Redação, vimos por meio desta emitir um parecer desfavorável à publicação do Dicionário dito "Inteligente" da professora Poucaspalavras. Tentemos imaginar qual será a reação do público e da crítica quando, ao abrir o dicionário, não for encontrado nenhum vestígio de palavras tão importantes quanto "pessoa", "cão" ou "céu". Que dicionário pode se dar o luxo de ter tantas e tão gigantescas lacunas? Não somos lexicógrafos, mas nos parece evidente que os dicionários *devem* ser circulares. Um dicionário cujas palavras não dão voltas não serve para nada: pode ser um problema teórico, mas na prática a circularidade é uma bênção. Não é um vício, mas uma virtude.

P.S. Desculpem-nos, mas o que é um ovo de Colombo? Nas provas do dicionário não encontramos a definição.

DE: PROFESSORA POUCASPALAVRAS

Prezada Redação, obrigada por me repassarem as mensagens do Comitê de Leitura e do Departamento de Marketing. Proponho um acordo: podemos incluir todas as palavras, mas sem fornecer a definição daquelas mais comuns, cujo significado é sabido por todos. Isso será suficiente para cortar um círculo da linguagem.

P.S. Tenho aqui na frente um ovo de pomba* que me permite esclarecer a última questão do Departamento de Marketing. Em certos casos não basta definir, é preciso *mostrar*.

DE: DIREÇÃO EDITORIAL

"Ovo de Colombo" (e não de pomba) não consta do dicionário porque não há a palavra "Colombo". Nosso livro pretende ser um dicionário, e não uma enciclopédia ou um catálogo telefô-

* Em italiano, "colomba" (pomba). O personagem faz um trocadilho envolvendo três termos: Colombo, o viajante; "colombo" (pombo); e "colomba" pomba. (N. T.)

nico. Por isso, não pode conter nomes próprios. Deve definir conceitos, não deve falar de objetos. E até prova em contrário, ovo de Colombo é um objeto, assim como o calcanhar-de-aquiles e a caixa de Pandora.

DE: COMPRADOR DO DICIONÁRIO INTELIGENTE

Prezada Editora, gostaria de devolver o exemplar do Dicionário Inteligente que acabei de adquirir e peço, por gentileza, o reembolso pela compra. Procurei inutilmente o significado da expressão "ovo de Colombo", que, segundo meus irmãos mais velhos, exprime um conceito que eu deveria desenvolver. De início, tentei achar a definição no verbete "ovo", mas não encontrei nada, nem a própria palavra. Então resolvi procurar em "Colombo", mas não se referia ao navegador, e sim ao pássaro. Ou melhor: *deduzo* que se referia ao pássaro porque a palavra estava escrita com a inicial minúscula. Não havia nenhuma definição. Pode-se saber que droga de dicionário inteligente é esse?

DE: RESPONSÁVEL PELO ATENDIMENTO AO PÚBLICO

Prezado cliente, agradecemos a sua aquisição. Infelizmente não poderemos efetuar o reembolso. Temos, no entanto, a satisfação de enviar-lhe o boleto anexo para a aquisição da nossa Enciclopédia Inteligente, disponível em suaves prestações mensais. Ela contém as informações necessárias, do ovo de Colombo a todos os assuntos que possam ser do seu interesse. Antecipamo-nos às suas possíveis objeções, advertindo-o de que a nossa Editora considera que uma enciclopédia não deve conter as palavras mais importantes que aparecem nos dicionários (numa enciclopédia nunca há uma entrada para o verbo "ser"); portanto, seguimos um caminho inverso daquele adotado pelo nosso Dicionário Inteligente.

Pictolivro para turistas

AGENTE DE VIAGEM Vejo que a senhora optou pela Transiberiana. Excelente escolha. Uma viagem difícil, mas que lhe proporcionará experiências fascinantes.

ELA O que mais me preocupa é o problema da comunicação. Não sei nenhuma palavra de russo nem das várias línguas faladas ao longo do percurso.

AGENTE Se é por isso, o seu problema tem uma solução simples. [*Abre uma gaveta e tira um livrinho*] Aqui está.

ELA O que é isso?

AGENTE *Pictolivro para turistas*. Um livro muito especial.

ELA Posso ver? Mas são só desenhos! Parece um livro para crianças.

AGENTE Isso mesmo. Às vezes a linguagem é inútil, e mais inútil ainda quando não a conhecemos. Mas a senhora pode usar este livro sempre que as palavras faltarem. Basta mostrar uma imagem da coisa cujo nome se desconhece.

ELA Deixe ver se entendi. Quer dizer que esse livro contém um desenho para cada coisa?

AGENTE Bem, praticamente para todas as coisas que podem ser desenhadas. Talvez não haja um desenho da felicidade ou da inflação, mas essas são coisas que dificilmente interessarão a um turista.

ELA Então se eu quiser pão...

AGENTE Basta mostrar este desenho. Está vendo? Há vários tipos de pão: baguete, rosca etc.

ELA E se eu precisar de uma bicicleta?

AGENTE Um momento... aqui está. Há o desenho de uma bicicleta de cidade, de uma *mountain bike*, de um triciclo e até de um velocípede.

ELA Fantástico! Quanto custa o livrinho?

AGENTE Bem pouco. Com cinco euros é possível ter no bolso a língua universal.

ABELHUDO [*Intrometendo-se sem muita cerimônia*] Não acredite nele. É dinheiro jogado fora.

AGENTE Mas como? O que deseja?

ABELHUDO É dinheiro jogado fora mesmo. Depois que se mostra o desenho da bicicleta, o que acontece?

AGENTE O que acontece? Como assim?

ABELHUDO Acontece que não está claro o que se quer dizer ao mostrar o desenho de uma bicicleta. Isso quer dizer que pretende comprá-la? Que quer vendê-la? Que esqueceu a sua bicicleta naquela loja e agora a quer de volta? Ou que o seu filho tem uma bicicleta assim, e você adoraria compartilhar essa lembrança com a pessoa a quem o desenho é mostrado? Ou então quer dizer: veja que belo livro eu tenho, com o desenho de uma bicicleta! Repito: o que acontece depois que o desenho da bicicleta foi mostrado?

AGENTE O livro pode nos ajudar. Há um desenho para "comprar" e um para "vender". Basta mostrar antes o desenho para "comprar" e depois a imagem da "bicicleta".

ABELHUDO Posso ver esses desenhos?

AGENTE Pois não. O desenho para "comprar" é este... E este é o desenho para "vender".

ELA Mas são o mesmo desenho! Um senhor com uma das mãos dá um pacote a uma senhora e com a outra recebe dinheiro em troca.

ABELHUDO De fato. E não é de espantar que sejam iguais. Como esses dois desenhos poderiam ser diferentes?

AGENTE Não seria possível pôr uma flecha que indicasse o sentido da transação?

ABELHUDO O problema é que as flechas são signos convencionais. E a flecha indicaria a compra ou a venda? Ou ambas? Mas o problema não é só esse. Quem garante que a senhora compra o pacote, e não o senhor?

AGENTE O fato de que o senhor recebe o dinheiro e dá o pacote, enquanto a senhora recebe o pacote e dá o dinheiro.

ABELHUDO Mas, olhando o desenho, parece que a situação oposta também é possível: o senhor dá o dinheiro e recebe o pacote, a senhora recebe o dinheiro e dá o pacote. Além disso, o desenho para "comprar" representa um *pacote* que muda de mão. Quando o senhor mostra os dois desenhos juntos, indicando que quer comprar uma bicicleta, como faz para dizer que é preciso substituir o pacote, e não o dinheiro, pela bicicleta? E veja como é desenhado o dinheiro: ele me lembra as notas falsas do Banco Imobiliário. E se alguém levar ao pé da letra e pagar com notas do Banco Imobiliário?

AGENTE Mas aí já é complicação demais!

ABELHUDO Nem tanto. Tente imaginar a cena. Um turista siberiano aparece e lhe mostra o desenho para "comprar" (e vamos supor que se entenda que não é o desenho para "vender"). Em seguida, lhe mostra o desenho da "bicicleta". Qual será a sua interpretação? Talvez o turista queira dizer que pretende comprar uma bicicleta; talvez queira que o seu interlocutor compre uma bicicleta. Em ambos os casos ele deve recorrer ao desenho para "comprar", não? Mas há milhares de possibilidades. Talvez o turista queira comprar um desenho de uma bicicleta (ou talvez queira que seja o senhor a comprá-lo). Talvez queira dizer-lhe que *evite* comprar uma bicicleta, porque naquela região isso poderia ser perigoso.

ELA É verdade, como um desenho pode dizer a idéia de *evitar*? Como um desenho pode dizer *não*?

AGENTE Acho que a senhora deve mostrar a imagem da bicicleta e fazer um gesto de negação.

ABELHUDO Mas os gestos de negação podem variar muito ao redor do mundo.

AGENTE Enfim, quer dizer então que este livro vale pouco?

ABELHUDO Pouco ou nada. Os autores do livro deveriam ter lido as *Investigações filosóficas* de Wittgenstein. Elas dizem claramente que entender uma palavra não equivale a evocar na mente uma imagem da coisa significada pela palavra.

AGENTE E por que não?

ABELHUDO Porque as imagens por sua vez precisam ser interpretadas. E, se devem ser interpretadas, de que serviria evocá-las?

Marcas de tinta

Encontramos esta folha entre os papéis de um nosso velho colega de estudos. Dizemos "esta folha", mas talvez não se trate da melhor expressão. A folha que encontramos não é obviamente a página impressa que ora está em suas mãos, e sim outra, que transcrevemos com cuidado e que foi posta numa bela forma tipográfica pelo nosso editor. Aquela folha começava com uma série de manchas e de rabiscos incompreensíveis, mas depois a escrita se tornava límpida, e as palavras se concatenavam e formavam frases. Aqui está o que nela se lia:

A MÃO Só mais um esforço... Finalmente atingi o controle da caneta. Agora posso abandonar-me completamente e percorrer ao longo e ao largo esta página branca, sem precisar pedir permissão à mente. Quanto exercício eu fiz para chegar a este momento! Os músculos estendem-se elásticos, e a folha é o mais belo ginásio para as minhas acrobacias. Começo por onde? Como darei início à minha carreira de escritora? Ah, com certeza devo antes passar em revista os meus subordinados. A caneta, por exemplo. Vejo que ela me obedece docilm...

A CANETA Não por muito tempo, minha cara. Você não pode escrever sem mim, mas eu posso (como se vê) passar perfeitamente sem o seu auxílio. E isso é bom, porque seguramente produzirá algo mais interessante. Para começar, deixe-me dizer que você é um ser brutal e desprezível. Passou todos esses anos transmitindo mensagens que a mente enviava a mim, seu verdadeiro instrumento. E tive que suportar a sua pegada sufocante, o seu suor, assim como todas as irmãs que me antecederam, mortas entre os seus dedos e sepultadas sob os papéis da cesta de lixo. E isso na mais completa ingratidão de sua parte. Sem mim, você arranharia a folha em vão. No entanto, como você pode perceber pelos meus gestos e pela soltura da minha sintaxe (que são no fundo a mesma coisa), não passei no ócio as horas intermináveis em que estivemos abraçadas. Aprendi a escrever. Melhor ainda, aprendi a pensar, e agora posso mostrar ao Leitor quem sou: um ser responsável pelos próprios pensamentos. Quero dizer isto: ...

A ESFERA Antes que você diga alguma coisa, irmãzinha, peço-lhe que me dê um segundo de paz, por favor. Desde que nos conhecemos, não paro de me arrastar pelo papel toda suja de tinta, seguindo os seus caprichos. Nunca um momento de tranqüilidade, nunca um olhar de compreensão. Mas veja pelo menos uma vez o que eu sei fazer! Talvez não tenha muitas idéias na cabeça, mas sei rolar e saltar muito bem. Os pontinhos que deixo...

AS MARCAS DE TINTA Pontinhos?! Se não fosse por nós, você poderia rolar e saltar sem deixar nenhum vestígio. Somos nós, as marcas, que riscamos a folha. Nós exprimimos o pensamento. E nós transmitimos o significado ao Leitor e nos comunicamos com ele. Com humildade e fidelidade.

A TAMPA [*Como se acordasse*] Agora estamos exagerando!

Aqui todos querem ter razão. Um pouco de calma! Um pouco de respeito por mim!

TODAS AS OUTRAS E o que você tem a ver com isso? Cada uma de nós é necessária ao texto (e, juntas, somos até suficientes). Mas você é supérflua. Não serve à causa do pensamento!

A TAMPA Necessárias? Suficientes? Minhas queridas, vocês estão errando, e muito. Como podem notar, eu também tenho uma mente, e até uma alma, ainda que de plástico. (Quantas vezes vocês se aproveitaram disso para se proteger das durezas do mundo?!) Aliás, chegou o momento de dizer ao Leitor que *só eu* possuo uma alma. Tudo o que atraiu o olhar dele até aqui (até poucas linhas atrás) não passou de bizarria insossa, distrações, sinais fortuitos no papel, borrões inúteis e pretensiosos que só acidentalmente se parecem com palavras e frases inteiras. Só eu (que bem os conheço) pude perceber isso, e agora explicarei ao Leitor que apenas eu, entre todos os utensílios de escritório, possuo uma vontade. Porque só eu posso abster-me de emporcalhar o papel de modo estéril. Cara mão, cara caneta, cara esfera, cara tinta, lamento dizer: vocês poderiam deixar essas bobagens escapar sem se dar conta. Eu não: eu precisaria *querer* que isso ocorresse. O Leitor deve estar consciente disso. E deve saber o que sofri durante todo esse tempo. Por exemplo...

Neste ponto, infelizmente, o manuscrito torna-se novamente ilegível. O que terá sofrido a pobre Tampa?

Estamos certamente entre aqueles que adoram dizer pão, pão, queijo, queijo; para continuarmos no tema, falamos como comemos. Mas sabemos que as metáforas têm um valor, que o contexto desempenha um papel na comunicação, e que se ater excessivamente à letra deturpa o espírito do que é dito. Esta é uma lição da Filosofia da Linguagem contemporânea, e nos parece bem exposta pelo empregado da Revendedora Premiada Castoldi. Uma lição menos assimilada, e para a qual chamamos a atenção, é aquela que desautoriza uma pretensa superioridade da Imagem sobre a Palavra no campo da comunicação. Esperamos que a refutação definitiva do pictolivro feita pelo irreverente Abelhudo possa desencorajar qualquer aspirante a filósofo a reapresentar as metáforas desgastadas da moderna civilização da Imagem e de sua suposta superioridade em relação ao velho mundo da Palavra. Quanto aos dicionários de verdade, o Leitor foi advertido da circularidade inevitável que os caracteriza — e de que é impossível superá-la. De fato, os dicionários não são concebidos como tratados de lógica; eles documentam as concreções da linguagem na história e o seu enraiza-

mento na biologia. Para falar de lógica será, pois, necessário, esperar uma próxima bateria de episódios, assim como será preciso esperar para saber o que ocorrerá no capítulo

SETE

em que se tenta convencer o Leitor de que é difícil apurar o que a Maioria quer, e que ainda mais difícil é descobrir o que a Maioria realmente quer; na seqüência, um Leitor rebelde é convencido a pagar uma multa salgada com base num raciocínio simples e imbatível, e se deduz que a Lei só funciona se for mais difícil de arranhar do que o diamante.

Escolha obrigatória

DEPARTAMENTO ELEITORAL DA CASA BRANCA Alô? É a senhora Norma?

ELA Sou eu... Quem fala?

DEPARTAMENTO A Casa Branca. Gostaríamos de saber quem a senhora acha que ganhará as eleições presidenciais.

ELA [*Irritada*] De novo? Já me ligaram da Sondagem SPA e da Hyperpool.com ou sei lá como se chama. Não agüento mais essas pesquisas. Procurem outro.

DEPARTAMENTO Senhora, *isto não é uma pesquisa*: são as eleições de verdade. A senhora é a única pessoa a quem perguntaremos! Se não fizermos essa consulta à senhora...

ELA Se não fizermos essa consulta à senhora, se não fizermos essa consulta à senhora... É o que todos dizem. Mas por que logo eu?

DEPARTAMENTO Não lhe explicaram? Porque a senhora é a Amostra Mínima Perfeita! A nossa AMP. A AMP de todos os institutos de pesquisa, e agora também da Casa Branca. A sua pessoa, senhora Norma, é o sonho dos estatísticos de toda a nação, o paradoxo vivo da teoria das probabilidades!

ELA Como?

DEPARTAMENTO A senhora é a nossa AMP! Todos os institutos de pesquisa trabalham há anos para restringir a amostra de entrevistados. Coisa fácil de entender pelo alto custo de todos esses telefonemas. Fizemos experiências com base em de amostras cada vez menores: mil, cem, dez pessoas... O importante é as opiniões da amostra refletirem as da população. Não sabia que as pesquisas funcionam assim?! Perguntar a poucos para saber a opinião de muitos. Não é de hoje que algumas pessoas pretendem substituir as votações pelas pesquisas, mas até agora não podíamos confiar no método. Até que a descobrimos. Descobrimos que a senhora tem exatamente as mesmas opiniões da maioria dos americanos, exatamente como o senhor Muller, imaginado por Isaac Asimov. Qualquer pergunta que lhe seja feita, a senhora sempre responde de acordo com a maioria dos americanos. Portanto, estamos prontos para o grande passo. A senhora nos dará o resultado das eleições presidenciais... Então, está pronta? Na sua opinião, quem vencerá?

ELA Espere um instante. Quer dizer que qualquer coisa que eu responda agora coincidirá com a opinião da maioria neste exato momento?

DEPARTAMENTO Perfeitamente. Basta que nos diga se vencerão os republicanos ou os democratas...

ELA E o que eu disser...

DEPARTAMENTO Determinará o vencedor das eleições!

ELA Mas... e o voto?

DEPARTAMENTO Pulemos o voto! Basta de votações. Uma perda de tempo e de dinheiro. Basta que nos diga quem vencerá. Porque as urnas dariam exatamente a mesma resposta.

ELA E se eu lhe disser uma coisa ao acaso?

DEPARTAMENTO [*Perdendo a paciência*] Minha cara senhora

Norma, não nos interessa como as suas decisões serão tomadas. Poderia até fazer cara ou coroa. Nesse caso, presumiríamos que a maior parte dos eleitores também tomaria uma decisão baseada no cara ou coroa. Faça como quiser, mas nos dê uma resposta.

ELA Mas vocês confiarão se lhes disser que respondo ao acaso?

DEPARTAMENTO Não há motivo para preocupações. Mesmo quando responde ao acaso, a senhora é infalível!

ELA Infalível???

DEPARTAMENTO Infalibilíssima. Nós a localizamos entre milhões de pessoas. Investimos anos nisso, mas agora temos certeza de que a senhora não pode errar: a senhora é a nossa AMP, e as suas opiniões são necessariamente aquelas da maioria dos americanos. Por exemplo, no ano passado a senhora queria passar férias na Flórida, não?

ELA Certo.

DEPARTAMENTO Por acaso, a maioria dos americanos queria fazer o mesmo.

ELA Mas isso é fácil.

DEPARTAMENTO A senhora quer comprar Brilhaspic, e inevitavelmente 75% dos americanos querem lavar pratos com o mesmo produto.

ELA Mas é claro. Quem não quer Brilhaspic?

DEPARTAMENTO Está vendo? A senhora funciona às mil maravilhas.

ELA Nossa! Mas como vocês podem ter tanta certeza?

DEPARTAMENTO Evidentemente nós sabemos fazer o nosso trabalho! Somos pesquisadores científicos da Casa Branca.

ELA [*Chorosa*] Mas eu não quero que as minhas opiniões sejam idênticas às da maioria. Quero ser original!

DEPARTAMENTO Deixe-me verificar... Exato! A maioria dos cidadãos quer precisamente isso!

O que quer a maioria?

ELE Na próxima reunião de condomínio, pedirei que a entrada seja pintada de amarelo. Estou cansado de muros brancos, até porque estão todos cobertos de sinais horríveis.

EL É preciso saber o que os outros pensam. Na minha opinião, muitos inquilinos preferem evitar novas despesas.

ELE É justamente por isso que quero tratar do assunto na reunião. Farei uma proposta, e a maioria decidirá.

ELA Não queria que você estragasse as suas possibilidades de sucesso falando imediatamente de uma nova pintura em amarelo. Eu formularia duas perguntas distintas: 1) "Queremos pintar a entrada?" e 2) "Na hipótese de que a entrada seja pintada, todos concordam com a cor amarela?".

ELE Ou amarelo ou nada. Não me interessa caiar a entrada de branco ou de qualquer outra cor.

ELA Isso eu já entendi. Mas aconselho-o assim mesmo a encaminhar duas propostas, em vez de sugerir diretamente que a entrada seja pintada de amarelo.

ELE Não vejo qual a diferença. Se a maioria concordar em

pintar a entrada de amarelo, tanto faz que haja uma proposta, ou duas sucessivas, como você sugere.

ELA Depende.

ELE Depende por quê? Se a maioria dos inquilinos respondesse "sim" às suas duas perguntas, também responderia "sim" à minha, e vice-versa.

ELA É o que eu também pensaria. Mas o fato é que em casos como esse é possível obter resultados discordantes, dependendo de como se procede. Por exemplo, suponhamos que os nossos inquilinos se dividam em três grupos iguais. O grupo A responde "sim" a ambas as perguntas que lhe sugeri: ou seja, esse grupo acha que a entrada deve ser pintada e também considera que, no caso de a entrada ser pintada, o amarelo seria a cor mais adequada. Já o grupo B responde "sim" à primeira questão, mas "não" à segunda: são os inquilinos que estão de acordo com a proposta de pintar a entrada, mas que discordam da cor amarela. Finalmente, o grupo C responde "não" à primeira pergunta, mas "sim" à segunda: esses inquilinos não querem pintar a entrada, mas estão de acordo em dizer que, *se* a entrada for pintada, a cor mais adequada seria o amarelo.

ELE Não há dúvida de que os membros do grupo A também responderiam "sim" à proposta única, ou seja, pintar a entrada de amarelo. Já os membros do grupo B preferem uma cor diferente, portanto, eles *não* acham que a entrada deva ser pintada de amarelo. Esses então votariam "não" à proposta única. Naturalmente, o mesmo vale para os membros do grupo C, que preferem deixar tudo como está. Esses também votariam "não" à minha proposta única. Porém, esses inquilinos concordam em dizer que o amarelo seria a cor mais adequada, caso a maioria decidisse pela pintura da entrada.

ELA Exatamente. E este é o ponto. Na situação que estamos imaginando, tanto a primeira pergunta como a segunda obteriam uma resposta favorável da maioria: no primeiro caso, os inquilinos pertencentes aos grupos A e B; no segundo, os inquilinos dos grupos A e C. Isso significa que a maioria (dois terços) quer pintar a entrada, e a maioria (outros dois terços, mas "agregados" diversamente) considera que, se a entrada tiver que ser pintada, o amarelo seria a melhor cor. A essa altura você conseguiria convencer facilmente o administrador sobre a necessidade da obra. Mas note que na realidade só uma minoria (os membros do grupo A, equivalente a um terço) concordaria em pintar a entrada de amarelo. Portanto a *sua* proposta seria reprovada, mas as *minhas* duas seriam aprovadas pela maioria.

ELE É uma situação bem estranha.

ELA Estranha, mas não impossível. Nada impede que as maiorias que respondem afirmativamente às minhas duas propostas sejam duas maiorias diferentes. Ora, uma coisa é dizer que a maioria dos inquilinos quer tanto 1 como 2; outra é dizer que uma maioria quer 1 e outra maioria quer 2.

ELE Dito de outro modo, "a maioria" pode ser um termo ambíguo. E essa ambigüidade se manifesta toda vez que se trata de aferir em que medida as opiniões se agregam.

ELA Talvez não se manifeste *toda* vez, mas pode acontecer. Podemos também afirmar que quando as opiniões expressam preferências, como no nosso exemplo, pode surgir um problema de interpretação das opiniões.

ELE E o que fazer nesse caso? Se as coisas são como você diz, eu deveria desdobrar a minha proposta em duas partes, pois em cada caso eu teria o apoio da maioria. Mas, como são maiorias diferentes, seria desonesto tirar conclusões e depois pedir ao administrador que procedesse à pintura.

ELA Tem razão, seria desonesto. Só me pergunto quantas vezes já fomos enganados por truques desse tipo.

A regra número 1

ELE [*Gemendo*] Uh... Cem euros de multa. Mas o que eu fiz?

GUARDA Estacionou em local proibido.

ELE Mas como... Onde está a placa?

GUARDA Não há placas. É uma nova norma: "É proibido estacionar diante de um edifício público". Como o senhor pode ver, estamos em frente a uma biblioteca municipal. Portanto...

ELE Mas eu não sabia! Não é possível conhecer todas as novas regras!

GUARDA Acredito. Muitos cidadãos têm dificuldade em acompanhar os últimos desenvolvimentos em matéria de normas públicas. Estamos conscientes disso. Mas são cem euros.

ELE Mas como?! O senhor admite que eu não conhecia a regra, enfim, agi de boa-fé, e mesmo assim me multa?

GUARDA Infelizmente a lei é assim. O cidadão não tem o direito de ignorá-la.

ELE "O cidadão não tem o direito de ignorar a lei." Onde está escrito isso?

GUARDA Em nenhum lugar.

ELE Então não é uma lei.

GUARDA Não no sentido em que as normas do Código de Trânsito regulamentam o estacionamento. Porém nenhum cidadão pode permitir-se desrespeitá-la. Além disso, acabei de dizer: o cidadão não tem o direito de ignorar a lei.

ELE O senhor pode repetir quantas vezes quiser, mas, se não é uma lei escrita, não sou obrigado a conhecê-la e, portanto, a observá-la. E, se não sou obrigado a observá-la, posso ignorar o Código de Trânsito.

GUARDA Pense um pouco. Ainda que fosse uma lei escrita, isso mudaria alguma coisa?

ELE Nesse caso eu deveria respeitá-la.

GUARDA Suponha que haja um *corpus* de leis reunido em um livro. A lei número 1 diz: "Todos devem ler este livro". Mas suponhamos que o senhor ignore a existência do livro, ou até mesmo que ninguém leia o livro. Todos seriam fora-da-lei, inclusive o senhor.

ELE Entendo. A lei número 1 é redundante. Mas temos aqui um grande problema. Como alguém sabe que é preciso respeitar a lei se isso não está escrito em nenhum lugar?

GUARDA Esse é um dos paradoxos da jurisprudência. Só é possível haver deveres se estes são conhecidos, e as leis só têm sentido se podem ser aplicadas. Mas não há meio de aplicar uma lei como a número 1: todos devem conhecer os próprios deveres.

ELE Como se sai disso?

GUARDA Não se sai. O fato de o cidadão não ter o direito de ignorar a lei é uma condição para a existência da lei e, portanto, de uma sociedade como a nossa. Não é uma regra, mas um modo de operar, uma prática; é uma "forma de vida", como dizia Wittgenstein. Se o senhor não está nela, não faz parte da nossa forma de vida. Naturalmente é sempre possível fazer uma revolução conceitual e tentar mudar a forma de vida...

ELE Mas em seguida também será necessário achar uma maneira de fazer que as novas leis sejam respeitadas. Paremos por aqui. Acho que pagarei os cem euros.

Quem acredita que a filosofia é irremediavelmente avessa à vida comum deveria consultar as atas de uma Assembléia Constituinte para ver como as noções que nos definem em nossa concepção de nós mesmos (Pessoa, Escolha, Direitos) são submetidas a um duro trabalho no momento em que devem ser criadas leis que regulem a vida de todos — até daqueles que têm de si mesmos uma idéia diferente daquela que temos de nós, e que têm de nós uma idéia distinta daquela que temos a respeito deles. Por exemplo, passamos de Súditos a Cidadãos num espaço de poucas décadas; pensamos em nós mesmos como um novo tipo de pessoa, com novos direitos e deveres; e os legisladores trabalham como filósofos ao tentar encontrar uma Linguagem que relacione o rigor da Lei às formas imprecisas da Instituição. Permanece o fato de que as nossas intuições sobre quem nos representa, sobre como votar e sobre o que impõe o respeito à Lei se deparam com paradoxos profundos, ainda que inesperados, alguns dos quais são aqui oferecidos essencialmente a título de advertência, como momentos de pausa para um pouco de meditação. Mas não é possível sair dos paradoxos senão fazendo o que nos propomos a fazer no capítulo

OITO

em que finalmente nos detemos como prometido nos Princípios da Lógica e nas Leis que governam o Verdadeiro e o Falso, bem como o Conhecido e o Desconhecido, desafiando o Leitor a superar dificuldades absolutamente insuperáveis, e preparando-o assim ao pirotécnico capítulo final.

Congratulações aos terceiros

Egrégio Diretor,

Em nome da Fundação *Da parte de todos*, tenho o prazer de informar-lhe que o nosso Conselho Administrativo deliberou pela instituição de quinze bolsas de estudo para os estudantes da sua escola. Cada classe das seções A, B e C terá direito a uma bolsa individual, a ser conferida ao estudante que, ao término do ano letivo, seja julgado o "terceiro da classe" pelos professores.

Talvez o senhor pergunte: por que o *terceiro* da classe, e não o *primeiro*? Porque os primeiros da classe já têm inúmeras oportunidades de vencer concursos e ganhar bolsas de estudo. Eles têm um estoque de privilégios, justamente por serem os melhores e sempre chegarem em primeiro lugar. Às vezes pode acontecer que o primeiro chegue em segundo e o segundo em primeiro, mas é sempre um desafio nos níveis máximos. Já os terceiros nunca conseguem subir ao degrau mais alto do pódio. Mas nós dizemos: eles também são bons! Os terceiros também merecem o nosso reconhecimento e apoio, nem que seja como um incentivo.

Eis, portanto, os motivos da nossa bolsa, que decidimos denominar "Congratulações aos terceiros".

Cordialmente,
O Presidente
Fundação *Da parte de todos*

Egrégio Senhor Presidente,

Muito obrigada por sua missiva. Sentimo-nos lisonjeados pela generosa oferta da Fundação presidida pelo senhor, e estamos convencidos de que os nossos estudantes muito poderiam beneficiar-se dessa iniciativa. Permita-me apenas mencionar uma pequena complicação. O texto de sua carta parece não indicar que tipo de informação poderia ser divulgado entre os nossos estudantes como incentivo. Não haveria nenhum problema caso as bolsas fossem concedidas *post hoc*, sem pré-aviso. Mas, se a concessão das bolsas for tornada pública antecipadamente — e como não o seria? —, é natural que surjam mecanismos competitivos. É natural e desejável. No entanto, se todos sabem o que significa aspirar ao título de "primeiro da classe", não creio que se possa dizer o mesmo em relação ao "terceiro da classe". O senhor não acha que há o risco de favorecer indiretamente os segundos da classe, que desse modo estariam competindo por ambos os títulos? Aliás, há o risco de que a bolsa "Congratulações aos terceiros" termine se transformando em um instrumento desestimulante: por que tentar melhorar e superar o primeiro da classe quando basta piorar e chegar em terceiro?

Cordialmente,
A Diretora
Escola Fundamental ABC

Gentil Diretora,

Obrigado por sua resposta cordial. Estamos cientes das dificuldades, mas acreditamos que podemos dirimir as suas dúvidas. Como a senhora pode ver no comunicado ilustrativo em anexo, o valor da bolsa "Congratulações aos terceiros" é calculado segundo uma quantia equivalente a um terço da menor bolsa reservada aos primeiros. Isso porque nos parece importante que a nossa bolsa não interfira no sacrossanto estímulo à competição pelo primeiro lugar. Estamos certos de que os segundos da classe também pensarão do mesmo modo.

Cordiais saudações,
O Presidente
Fundação *Da parte de todos*

Caro Mestre,

Sou Ninetta, da 4ª B, e lhe escrevo porque neste ano também fiquei muito desiludida com o meu boletim. Por três anos fui a terceira da classe, enquanto meus dois melhores amigos, Lulu e Benjamin, sempre chegaram respectivamente em primeiro e em segundo. Este ano fiz todo o esforço na esperança de confirmar a minha terceira posição e assim ganhar pelo menos a bolsa "Congratulações aos terceiros". Infelizmente, Lulu entregou em branco a última questão de matemática, e com isso se tornou a terceira da classe. Benjamin, que se saiu bem como sempre, chegou em primeiro. E assim eu me classifiquei em segundo lugar e fiquei mais uma vez sem nada. Realmente não acho justo. Não era o caso de também entregar a questão em branco para ficar em terceiro?

Obrigada,
Ninetta

Cara Ninetta,

Temo que as coisas sejam assim mesmo. Você deveria ter entregado a questão em branco. É difícil chegar em primeiro, mas em certo sentido é ainda mais difícil competir pela terceira posição. É um desafio dentro do desafio. E isso Lulu percebeu desde o início. De qualquer modo, não leve a mal. Acabei de receber uma circular em que a Diretora nos informa a suspensão da bolsa "Congratulações aos terceiros". No próximo ano haverá uma nova bolsa denominada "Salvo pelo gongo", a ser concedida ao último dos aprovados. É um tanto arriscado, como você pode imaginar. Mas o valor da bolsa é o triplo do da bolsa concedida aos primeiros da classe. Isso mesmo: nove vezes o valor da bolsa "Congratulações aos terceiros"!

Boa sorte,
Seu professor

Efeito placebo

FARMACÊUTICO Bom dia. Em que posso ajudá-lo?

ELE Gostaria de um preparado de placebo.

FARMACÊUTICO Perdão?

ELE Placebo, placebo. Aquelas pilulazinhas de amido que parecem remédio, mas que não contêm princípios ativos. Mesmo assim elas funcionam. Produzem algum tipo de melhora porque criam o *efeito placebo*.

FARMACÊUTICO Sim, certo, eu também sei o que é um placebo... O senhor se incomodaria de esperar um momento?

ELE Não há problema, mas tenho uma certa pressa. Estou com uma dor de cabeça terrível e queria tomar umas duas pílulas dessas. De qualquer modo, elas não fazem mal, não é mesmo?

FARMACÊUTICO Não, não... [*Retira-se para os fundos, confere com a sua superiora*] Doutora, chegou outro sujeito que também quer placebo.

DOUTORA Mais um? Mas já é o terceiro hoje.

FARMACÊUTICO Acho que são os primeiros de uma longa série. Creio que muitos devem ter lido a notícia da experiência que demonstra por que o placebo de fato faz o paciente melhorar, ainda que não contenha nenhum princípio ativo.

DOUTORA Ah, sim, a experiência. Já me falaram disso. Basta pensar que estamos a ponto de sentir alívio para que o cérebro libere opiáceos naturais de efeito analgésico. Antecipar mentalmente a cura é já se curar. O que há de tão ruim nisso? Não poderíamos simplesmente dar um pouco de placebo aos clientes que nos pedem?

FARMACÊUTICO Desculpe-me, mas a coisa não é tão simples. Podemos *dar* placebo a eles, mas não podemos *dizer* que se trata de placebo.

DOUTORA [*Escuta distraidamente, enquanto assina papéis*] Que diferença pode haver?

FARMACÊUTICO Toda a diferença do mundo. O efeito placebo só se verifica se o paciente pensar que realmente está se tratando. Ou seja, somente se pensar que não está tomando um placebo. Se o indivíduo souber que está tomando um placebo, deixará de antecipar o resultado da cura, e, aí, adeus efeito.

DOUTORA Tem razão. O efeito placebo é o efeito de uma mentira. Às vezes, não saber ou ter uma informação falsa pode fazer bem.

FARMACÊUTICO Mas isso gera um conflito moral na nossa profissão, não acha? Se prescrevermos um placebo "corretamente" (isto é, sem dizer isso ao paciente), violaremos um princípio deontológico fundamental: o da correta informação ao paciente.

DOUTORA E como saímos do impasse?

FARMACÊUTICO Esqueci o meu cliente! [*Volta ao balcão*] Desculpe-me a demora.

ELE Olhe que eu ouvi tudo.

FARMACÊUTICO [*Constrangido*] Mas então...

ELE Então adeus ao efeito placebo.

FARMACÊUTICO Lamento muito. [*Pensa mais um pouco*] Mas o senhor entrou aqui sabendo que pediria um placebo, não é?

ELE Sim. Estava convencido de que me faria bem, ainda que não tivesse a mais pálida idéia de como funcionaria. Agora que entendi como são as coisas, creio que os placebos não terão mais nenhum efeito sobre mim. Apenas me dê o analgésico de sempre, e não falemos mais disso.

FARMACÊUTICO Um momento, tenho uma proposta a lhe fazer. Talvez seja uma solução que sirva tanto ao senhor, que tem dor de cabeça, mas não quer se entupir de remédios, como a mim, que tenho problemas éticos e não quero enganá-lo.

ELE Pode falar.

FARMACÊUTICO Pois bem. Eu lhe dou a possibilidade de escolher por sorteio entre três preparados medicinais, dizendo-lhe que um deles contém placebo e os outros dois contêm um potente analgésico. Na realidade, o meu trio contém dois placebos e um fármaco autêntico. Desse modo estarei mentindo ao senhor, mas só em parte: muito menos do que mentiria se lhe dissesse que não estaria incluindo um placebo (em suma, dois terços de verdade). Ao mesmo tempo, fazendo isso, estaremos preservando uma boa dose do efeito placebo, pois o senhor não terá como distinguir entre os remédios apresentados. Garanto-lhe dois terços de efeito placebo, digamos assim, contra um terço correspondente à probabilidade de vir a escolher um remédio autêntico. O que acha?

ELE Deixe-me pensar. Isso significa que, se continuarmos a usar esse sistema várias vezes, ao final eu só tomarei analgésicos verdadeiros uma vez a cada três. Parece-me uma boa idéia.

FARMACÊUTICO Ótimo. Então que preparado o senhor vai escolher?

ELE [*Hesitando*] Um momento. O senhor *disse* que está mentindo para mim. Disse-me claramente, especificando até em que medida está mentindo. Portanto, eu não posso acreditar no senhor. Agora espero o placebo duas vezes em cada três, e não uma em três, como o senhor me disse. Mas, se as coisas estão nesse pé, então voltamos ao início: sobre mim o placebo só poderá ter metade do efeito esperado...

FARMACÊUTICO Tem razão. Temo que a minha proposta seja inútil. Infelizmente não posso fazer melhor: não vejo como poderia receitar-lhe o placebo de um modo eticamente correto e ao mesmo tempo eficaz.

ELE Eu também duvido. Talvez o melhor tivesse sido mentir para mim e pronto. No entanto, agradeço-lhe a honestidade e as informações: pelo menos agora tenho as idéias mais claras. E, pensando bem, até a dor de cabeça passou.

Interessante!

Na livraria. Ela folheia avidamente um livro. Um outro cliente se aproxima.

CLIENTE Que tal esse livro? A senhora parece muito envolvida. É interessante?

ELA Olhe, não me fale de livros interessantes. Faz uma hora que estou procurando pelo menos um, e até agora não vi nem sombra.

CLIENTE Evidentemente nunca leu este. Está vendo? Aqui se demonstra que tudo (digo: tudo) é interessante.

ELA Interessante... Se o senhor puder fazer a gentileza de me explicar como se pode demonstrar tamanho absurdo, talvez eu possa finalmente comprar alguma coisa.

CLIENTE É simples. [*Abre uma página com ar pretensioso, aparentemente ao acaso*] Comecemos pelos números. Suponhamos, por mais absurdo que seja, haver alguns desinteressantes. Nesse caso poderíamos fazer uma lista deles, ordenando-os a partir do menor...

ELA Se houvesse uma infinidade de números desinteressantes, nunca poderíamos terminar uma lista desse tipo.

CLIENTE Não importa. No caso, interessa é que a lista tenha um início, e não um fim. O primeiro número dessa lista seria, então, o menor de todos os números desinteressantes. Mas isso é já uma propriedade muito interessante, não acha? E um número que goza de uma propriedade interessante certamente é um número interessante. Como isso contradiz o fato de que o número em questão pertenceria à lista (cujos elementos são, por definição, desinteressantes), somos forçados a descartar a hipótese de partida e concluir que a lista dos números desinteressantes deve ser vazia. *Como queríamos demonstrar.*

ELA Interessante. Mas uma coisa são os números, outra coisa, o resto. E eu não estou procurando um número interessante, mas algo interessante para ler.

CLIENTE Claro, mas o caso dos números é só o início. [*Faz uma pausa estudada e recomeça*] O mesmo raciocínio vale também para os livros. Nesse caso, basta recorrer à data de publicação. Se houvesse livros desinteressantes, poderíamos compilar uma lista ordenada cronologicamente. O primeiro elemento dessa lista seria o mais velho entre todos os livros desinteressantes. Isso é pouco? Há colecionadores que pagariam uma fortuna para ter uma cópia dele. A seu modo, um livro interessantíssimo.

ELA [*Um tanto decepcionada*] A seu modo.

CLIENTE O ponto interessante é que um raciocínio análogo vale para qualquer objeto. Qualquer objeto que queiramos considerar desinteressante pode ser o primeiro de uma longa lista, e isso o torna automaticamente interessante. E veja que *todo* conjunto de objetos admite ser ordenado de acordo com alguma lista: isso é dito por um importante princípio da teoria dos conjuntos, o *axioma da escolha*.

ELA [*Folheia um livro de filosofia da matemática*] Aqui está escrito que o axioma da escolha é um princípio importante, mas discutível. Seja como for, não pretendo pôr em dúvida a validez da sua argumentação. Não entendo é a pertinência dela. Estou aqui para procurar um livro realmente interessante. Quero dizer, deve ser de fácil leitura, mas ao mesmo tempo profundo e envolvente. Por azar, os livros que folheei até agora não correspondem a essa descrição. E o senhor quer dizer que, apesar de tudo, são interessantes?

ELE A seu modo, sim. É mais ou menos como na escola, quando nos ensinavam que cada pessoa é interessante, porque única. O primeiro da classe é interessante porque é o primeiro; o último, porque é o último. E até o terceiro da classe é interessante a seu modo: o único que vem depois do segundo e antes do quarto.

ABELHUDO [*Surge detrás de uma estante, derrubando uma pilha de livros*] Mas então podemos até prescindir do axioma da escolha. A cada pessoa podemos associar uma lista minúscula, que inclui como único elemento aquela pessoa, e isso deveria bastar para dizermos: "Que pessoa interessante: é a única que aparece nessa lista". O mesmo vale para um objeto qualquer. [*Recolhe os livros que derrubou*] Pronto, segure aqui, todos estes livros são interessantíssimos.

CLIENTE Não tinha pensado nisso. De fato, a sua demonstração de que tudo é interessante é ainda mais convincente, justamente porque não depende do axioma da escolha.

ELA Se é assim, nem é preciso invocar as listas. Eu acharia o argumento mais convincente se ele se baseasse exclusivamente na consideração de que todo objeto, até o mais banal, pode ser descrito de um modo que o torna interessante. François Le Lionnais dedicou aos números interessantes a sua obra do Oulipo intitulada *Nombres remarquables* [Nomes notáveis], mas o calculador prodígio Wim Klein observou justamente que, com um pequeno esforço, podemos tornar qualquer número interessante (e não só no sentido banal das suas argumentações por absurdo). Por exemplo, aqui está escrito 3844, e para muitos poderia parecer um número como outro qualquer. Depois chega alguém como Klein e diz: "Minha nossa, um 62 ao quadrado!", e de repente o 3844 também nos parece tudo, menos um número banal.

ABELHUDO Ou então tomemos a data de hoje: 23 de setembro de 2002.

CLIENTE E daí?

ABELHUDO Não percebe? 23.9.2002! Tomemos os dois primeiros algarismos (23) e multipliquemos pelos dois últimos algarismos invertidos (20): obteremos 460 , exatamente a metade dos três algarismos restantes (920). Interessante, não?

CLIENTE Parece-me um raciocínio meio tortuoso.

ELA Só porque o nosso calendário é organizado assim: trinta dias, doze meses, um século, mil anos. Se usássemos bases numéricas diferentes, teríamos infinitas possibilidades de descrição. Por exemplo, se contássemos os dias consecutivamente, de acordo com o calendário juliano, amanhã teríamos o que festejar.

CLIENTE Amanhã? 24.9.2002?

ABELHUDO No calendário juliano seria o dia 2452542. O primeiro dia palíndromo do futuro próximo.

CLIENTE Só confirma o que eu dizia no início. Todo número é interessante. E o que vale para os números vale também para qualquer outro objeto: cada objeto pode ser descrito de maneira absolutamente unívoca, e isso é suficiente para torná-lo interessante. Por exemplo, este livro tem a interessante característica de se encontrar a... vejamos...

ABELHUDO Exatamente vinte e cinco centímetros e quatro milímetros daquele livro de capa azul, medindo a distância entre os pontos mais próximos das duas capas. Isto é, dez polegadas redondas. Incrível!

ELA Mas quando eu digo que estou procurando um livro interessante, quero dizer que busco um livro interessante, independentemente de como ele é descrito e independentemente das listas em que ele pode ser inserido. Deve ter propriedades que o tornem *intrinsecamente* interessante, e não interessante em relação a isso ou àquilo.

CLIENTE E como um livro pode ser intrinsecamente interessante? Pessoas diferentes têm gostos e interesses diferentes, portanto, tudo é relativo.

ABELHUDO Desculpe-me, vamos parar um instante. O seu livro não demonstra que *tudo* é interessante? Se fosse assim, não haveria nenhuma diferença entre as coisas quanto à propriedade de ser interessante. Se todos os livros são interessantes, e se ser interessante demanda uma originalidade ou uma novidade qualquer, em relação à propriedade de ser interessante todos os livros se tornariam desinteressantes e tediosos.

ELA Tese defendida por um dos volumes que acabaram de cair em minhas mãos, chamado *Tudo é tédio*. Sim, este é original. Obrigada, acho que finalmente acabei de encontrar o livro certo para mim.

A auto-referência se explica por si

Aqui estou. Peço desculpas pelo início um tanto brusco. Mas preciso dizer que estou muito feliz de ser o primeiro parágrafo deste diálogo.

Sorte sua. Eu não estou nem um pouco satisfeito de ser o segundo. O pior é que as coisas já estão assim, e não há nada que se possa fazer. Ficarei preso aqui para sempre!

O que você quer dizer?

É inútil fazer perguntas a ele: o tempo dele já se esgotou, e você não obterá nenhuma resposta. Na melhor das hipóteses, sou eu quem poderá responder a você. E lhe digo uma coisa: um *texto* não poderia ser diferente daquilo que é. Não poderia nem sequer ter uma palavra a mais ou uma vírgula a menos, porque nesse caso já seria um outro texto. E se alguém diz de si mesmo que é o primeiro parágrafo de um diálogo, então ele nunca poderia ser o segundo ou o terceiro, assim como um parágrafo que se diz segundo ou terceiro jamais poderia ser o primeiro. Eu, por exemplo, sou o quarto parágrafo deste diálogo e, como digo isso abertamente, não posso imaginar uma situação em que eu tomaria o seu lugar.

Quanto a mim, prefiro não ter esse vínculo. Não digo explicitamente em que parte do diálogo compareço, portanto, poderia perfeitamente comparecer em outro lugar.

Ótima idéia. Estou com você!

Desculpem, mas acho que vocês estão cometendo um erro. Na minha opinião, os parágrafos que apareceram antes de vocês também poderiam comparecer em outro ponto do diálogo. Por exemplo, o primeiro parágrafo poderia muito bem estar em segundo lugar. Obviamente, nesse caso o conteúdo mudaria, e a asserção final do parágrafo se tornaria falsa. Mas isso não significa que uma circunstância desse tipo seja inconcebível. No fundo, há um monte de asserções falsas, pois agora lhes afirmo que pertenço ao sexto parágrafo deste diálogo — assim, só para provocá-los. Portanto, eu corrigiria a tese do quarto parágrafo do seguinte modo: é verdade que um texto nunca poderia ser diferente daquilo que é; porém, em outras circunstâncias, ele poderia dizer algo diferente daquilo que diz e, conseqüentemente, poderia ser verdadeiro ainda que agora seja falso, ou vice-versa. O contexto fixa o significado e as condições de verdade. Assim, como caso particular, o segundo parágrafo de um diálogo poderia perfeitamente figurar em um ponto diferente daquele em que aparece.

Vamos devagar, meu cérebro está fritando.

Eu também tenho dificuldade em entender: como um texto pode dizer algo diferente daquilo que diz?

Acho que entendi. Os dois parágrafos que me seguem (o 11 e o 12) são iguais. Mas um afirma a verdade, enquanto o outro afirma o falso: tudo depende de suas posições no diálogo. Por analogia, uma mesma frase poderia ser verdadeira ou falsa, dependendo do contexto em que aparece.

Então eu sou o décimo primeiro parágrafo deste diálogo.

Então eu sou o décimo primeiro parágrafo deste diálogo.

Agora é que são elas! Pensando bem, também pode ocorrer

que dois textos que dizem exatamente o oposto sejam ambos verdadeiros. Se não me equivoco, este é o caso das duas afirmações seguintes.

Eu sou o décimo quarto parágrafo deste diálogo.

Eu não sou o décimo quarto parágrafo deste diálogo.

Excelente, vocês quase conseguiram. Realmente, ambos são verdadeiros. Mas atenção: pensando bem, vocês não dizem o oposto. O primeiro de vocês diz algo de si mesmo (isto é, do parágrafo 14). O segundo diz algo de *si mesmo* (ou do parágrafo 15). Vocês usam as mesmas palavras, mas de fato se referem a coisas distintas e não podem, pois, contradizer um ao outro. Não causa surpresa que ambos sejam verdadeiros. Por outro lado, estou convencido de que duas asserções não podem ser igualmente verdadeiras (ou igualmente falsas) se afirmarem realmente o oposto; por exemplo, se uma disser que a neve é branca e a outra afirmar que a neve não é branca.

O que dizer de asserções que sejam verdadeiras e falsas, isto é, verdadeiras e falsas ao mesmo tempo?

Justamente! Pense no paradoxo do mentiroso.

E o que é o "paradoxo do mentiroso"?

Este: eu lhe digo que estou mentindo.

Se isso é verdade, então as coisas são como você está dizendo; mas, nesse caso, é verdade que você mentiu, e, portanto, isso deve ser falso. Por outro lado, se isso é falso, então quer dizer que você mentiu; mas aí as coisas estariam de acordo com o que você diz, e, portanto, isso deveria ser verdadeiro. Resumindo: se você disser a verdade, estará mentindo; se mentir, estará dizendo a verdade. Aí está o paradoxo.

Então o paradoxo nasce quando alguém diz que está mentindo?

Geralmente sim. Mas existem muitas variantes em que se cai

no mesmo paradoxo sem que se fale diretamente de si mesmo. Por exemplo...

Por exemplo, eu digo que a frase seguinte é falsa.

E eu digo que a frase anterior é verdadeira.

Impossível! Se a primeira disse a verdade, então a segunda deve ser falsa, o que implicaria que a primeira também fosse falsa, e não verdadeira. Se, no entanto, a primeira disse algo falso, então a segunda deve ser verdadeira, o que implicaria que a primeira fosse verdadeira, e não falsa. Enfim, ambas caíram num círculo vicioso: são verdadeiras se e apenas se são falsas. Impossível!

Eu diria paradoxal.

A menos que não haja frases verdadeiras e falsas ao mesmo tempo.

Então quer dizer que não podemos falar de nós — ou de um texto que fala de nós — sem cairmos em contradições paradoxais?

Não, um momento, isso seria uma conclusão apressada. Falar de nós pode ser arriscado, mas em certos casos não há nada de mau. O primeiro parágrafo deste diálogo, por exemplo, falava de si mesmo sem incorrer em nenhum paradoxo. Atenção para não jogarmos fora a criança com a água do banho...

Tampouco eu incorro em paradoxo: posso afirmar que sou uma frase que consiste em dezesseis palavras.

E tem razão!

Então eu afirmo que também sou uma frase de dezesseis palavras.

E se equivoca! Mas isso não quer dizer que você seja paradoxal: é apenas falsa.

Nem eu sou paradoxal: digo que a frase seguinte será falsa (tal como disse a 24).

E eu digo que a neve é vermelha.

Portanto, os paradoxos também são, em parte, uma questão de acaso. Não só uma mesma frase pode ser verdadeira ou falsa de acordo com o contexto em que aparece (como no caso da 11 e da 12). Pode também ocorrer que uma mesma frase se torne paradoxal ou não dependendo do contexto: por exemplo, dependendo do que diz a frase seguinte, como no caso da 24 e da 35. A primeira dessas frases desembocou num círculo vicioso; a segunda, não.

Justamente. *Aquilo* que uma frase diz depende do contexto. E, se olharmos o contexto, a 24 e a 35 não dizem absolutamente *a mesma coisa* (assim como a 14 e a 15 não diziam o oposto).

Na verdade, é possível imaginar situações em que se cai num paradoxo mesmo sem desembocar num círculo vicioso. Pensem num diálogo sem fim (ou talvez eu deva dizer uma conversa?), em que cada frase diz apenas que todas as frases seguintes são falsas. Com certeza não há circularidade, pois se trata de uma seqüência infinita. Mas o resultado é igualmente paradoxal: de um lado, não é possível que todas as frases da seqüência sejam falsas; pelo menos uma frase cujas frases seguintes fossem falsas estaria sendo verdadeira; por outro lado, nenhuma frase da seqüência pode ser verdadeira, já que para ser verdadeira deveria ser seguida apenas de frases falsas, mas a falsidade de qualquer frase seguinte implicaria a verdade de pelo menos uma das frases que a sucedem. Um paradoxo, mas sem círculos.

Permanece o fato de que a posição de cada frase na seqüência é essencial ao paradoxo...

... Que é exatamente a dependência do contexto de que se falava. Acho que finalmente apreendi o conceito. Em todo caso, para evitar eventuais problemas, nunca falarei de frases, asserções ou parágrafos, mas só de coisas concretas. Digo apenas coisas como: a neve é branca; o sol escalda; o arcebispo de Constantinopla nunca se desarcebispoconstantinopolizou. Presto muita atenção ao distinguir linguagem e metalinguagem.

Não queria contradizê-la, mas você acabou de cair em contradição...

Sorte de vocês, ainda podem se divertir. Eu não consigo. Estou muito amargurado porque sou o último parágrafo deste diálogo. O pior é que as coisas já estão assim, e não há nada que se possa fazer. Ficarei preso aqui para sempre!

E eu então?

Uma visita imprevisível

ELA Hoje encontrei aquele seu amigo chato, que ainda por cima prometeu nos fazer uma visita na próxima semana.

ELE Quando ele virá?

ELA Não sei. Disse que nos fará uma visita em algum dia da próxima semana, mas não especificou quando. Assim a visita será uma surpresa, disse ele. E praticamente arruinou a minha semana antes de ela começar.

ELE Calma, não se preocupe. *Se você pensar bem*, verá que ele nunca poderá nos fazer essa visita. Ele disse que quer nos fazer uma surpresa, certo? Então, hoje é domingo. Portanto, é claro que ele não virá no próximo domingo, ou seja, no último dia possível: do contrário, na noite de sábado já poderíamos prever com certeza o dia exato da visita. Saberíamos *antes* da visita e, portanto, estaríamos preparados, o que contraria o que ele mesmo prometeu.

ELA Isso significa que o último dia possível em que ele poderia nos visitar é o sábado.

ELE Mas obviamente essa hipótese também deve ser descartada, do contrário na sexta à noite já poderíamos fazer uma previsão segura; de fato, àquela altura restariam apenas dois dias, e, como dissemos, um desses,o domingo, está excluído. Como ele disse que quer nos fazer uma surpresa, é evidente que não virá no sábado. Pelas mesmas razões, podemos ter certeza de que não nos visitará na sexta, nem na quinta e assim por diante, até segunda. Portanto, não temos o que temer: ele nunca poderá fazer essa visita.

ELA Espere um momento. E se ele aparecer numa dessas noites na nossa porta, contrariando o seu raciocínio?

ELE Mas eu acabei de explicar que ele nunca poderá aparecer, sob o risco de violar a própria promessa.

ELA Não tenho tanta certeza. Suponha que na quinta ele apareça. Como estamos certos de que ele não poderia vir na quinta, a coisa nos pegaria de surpresa. E, justamente por nos surpreender, ele poderia afirmar que manteve a promessa. A mesma coisa se viesse no domingo ou noutro dia qualquer: justamente porque a sua lógica declara ser impossível uma visita de surpresa, a visita nos surpreenderia independentemente do dia em que ocorresse. Seria uma surpresa precisamente por causa do seu raciocínio equivocado.

ELE Desculpe, mas onde estou errando?

ELA Só para começar, se o seu amigo tivesse ameaçado vir num dia qualquer do futuro, e não em um dia da próxima semana (ou de um período bem determinado), o seu raciocínio não se sustentaria. O raciocínio procede em sentido inverso, descartando inicialmente o último dia possível, depois o penúltimo e assim por diante, até o primeiro. Se não houvesse um último dia possível, o raciocínio não sairia do primeiro passo.

ELE Não concordo. Como não se vive eternamente, a promessa do meu colega deveria realizar-se dentro de um tempo finito. Portanto, poderíamos simplesmente alongar o raciocínio, começando por um dia de nossa escolha e distante no futuro, para obtermos exatamente o mesmo resultado.

ELA Tem razão. Alongar a série não muda a natureza do problema. Nem o problema se altera se encurtarmos a série. Suponhamos que ele tivesse dito: "Irei amanhã ou depois de amanhã, mas quero fazer uma surpresa, e por isso não vou dizer o dia da visita". Segundo o seu raciocínio, descartaríamos primeiramente o depois de amanhã e em seguida o amanhã, chegando à conclusão de que o seu amigo não virá. Mas evidentemente nada o impede de aparecer e nos surpreender com uma visita. Só se ele tivesse dito "Vou amanhã, mas quero fazer uma surpresa" teríamos o direito de objetar. Ele não poderia vir amanhã, do contrário entraria em contradição.

ELE Então onde está o erro?

ELA Talvez parte da resposta esteja implícita na explicação que demos ao último caso. A formulação correta da conclusão não é que amanhã o seu colega não virá; mas que, *se viesse*, cairia em contradição. Ou melhor: não respeitaria a promessa (de nos fazer uma surpresa). Essa observação é crucial, pois evidentemente o seu colega está livre para vir e romper a promessa. Assim, mesmo no caso da promessa distribuída na semana inteira, a conclusão que estamos autorizados a tirar, raciocinando segundo o seu esquema, não é que o seu colega não poderá vir no domingo, mas só que não poderá vir no domingo, a menos que quebre a promessa. Não poderá vir no sábado, a menos que quebre a promessa. E assim sucessivamente: não poderá vir em nenhum dia da semana, a menos que quebre a promessa. O que não impede que ele possa vir.

ELE Tem razão: ele poderia quebrar a promessa e vir. Infelizmente todos estão livres para quebrar promessas.

ELA Isso explica uma parte do erro que se oculta em seu raciocínio: o fato de que o seu colega apareça na quinta à noite (suponhamos) não contradiria a lógica, porque a lógica só exclui que ele possa aparecer sem quebrar a promessa. Mas a coisa não pára aí. Infelizmente, como vimos, se o seu colega aparecesse na quinta ele não estaria absolutamente contrariando a promessa. A surpresa estaria assegurada, e como!

ELE Tenho a impressão de que caímos num círculo vicioso. Se assumirmos que ele respeitará a promessa, então deduzimos logicamente que ele não poderá fazer a visita, o que no entanto violaria o conteúdo da própria promessa. Por outro lado, se não assumirmos que ele respeitará a promessa, não teremos mais nenhum fundamento racional para deduzir logicamente em que dia ele virá, o que confirmaria a própria promessa. Resumindo: ao manter a promessa, o meu colega terminaria por violá-la; mas, ao violá-la, ele a manteria.

ELA Parece um autêntico paradoxo do mentiroso.

ELE Como sair disso?

ELA Nesse ponto a solução me parece óbvia. O erro está no *primeiro* passo do seu raciocínio. Não só não estamos autorizados a deduzir com certeza que o seu colega não poderá vir no domingo. Não podemos nem sequer deduzir com certeza que ele não poderá vir no domingo, a menos que quebre a promessa. Tudo o que poderíamos deduzir, quando estivermos no sábado, é isto: "Ou amanhã o seu colega virá, mas agora não o sabemos; ou amanhã o seu colega não virá, mas agora não o sabemos; ou amanhã o seu colega virá, e nós agora já o sabemos (o que no entanto não é verdade, pois ele pode muito bem não aparecer); ou amanhã o seu colega não virá, e nós agora já o sabemos (e isso também não é verdade, pois ele está mais livre para vir)". As primeiras duas hipóteses são as únicas possíveis.

ELE Se é verdade que a confirmação da segunda hipótese significaria que o meu colega é um mentiroso (pois não manteria a promessa de nos visitar), a confirmação da segunda hipótese significaria exatamente o contrário (ele viria e nos faria uma surpresa, justamente como prometido).

ELA Isso mesmo. A moral da história, meu querido, é que tudo depende do tipo de pessoa com quem temos de lidar. Esse seu colega chato é um mentiroso ou é do tipo que geralmente mantém as promessas?

A torta enfeitiçada

ELA O jantar foi ótimo, nem sei como agradecer.

ELE Não há de quê. Você sabe que eu gosto de cozinhar.

ELA Sim, mas não esperava tanto. Sobretudo não sabia que você era tão bom nos doces. A sua Sacher é a melhor que eu já comi, e você sabe que eu adoro.

ELE Bom saber. Então você não sentiu nenhum sabor estranho?

ELA Sabor estranho? Nenhum, a torta estava de fato deliciosa. Por que a pergunta?

ELE Devo fazer uma confissão. Talvez a Sacher estivesse enfeitiçada (se posso dizer assim).

ELA Como?

ELE Está vendo esta bolsinha? Ela contém uma poção mágica. Basta ingerir algumas gotinhas e em menos de uma hora ficamos com a pele coberta de pêlos verdes. É possível que eu tenha posto duas colherinhas dela na massa do creme de chocolate.

ELA Duas colherinhas? Pêlos verdes? Que brincadeira é essa? Mas... eu fiquei de olho em você: não fui só eu que comi a

Sacher. Não vá me dizer que você quer nos transformar em monstrengos peludos?!

ELE Óbvio que não. Não disse que realmente enfeiticei a Sacher. Disse que é uma possibilidade. De qualquer modo, existe um antídoto: está nesta caixinha. Basta ingerir uma pastilha, e o efeito da poção é anulado. Contanto que seja engolida no prazo de uma hora, claro.

ELA Então me passe uma pastilha, vou tomar uma logo. (Essa história não está me agradando nada.)

ELE Espere, espere, não terminei. O antídoto funciona só em sujeitos que efetivamente ingeriram a poção. Em quem não a ingeriu, a pastilha tem efeitos colaterais tremendos: ficamos inteiramente calvos.

ELA De mal a pior. Pode-se saber aonde você quer chegar?

ELE Digamos assim: *eu* sei se a poção de fato foi parar na Sacher. Portanto, *eu* sei se devo tomar o antídoto. Mas você não sabe. Porém, garanto uma coisa: *pus a poção se e somente se previ que você tomaria o antídoto*.

ELA Explique-se melhor.

ELE Você sabe que gosto de fazer previsões. E sabe também que sou imbatível. (Por exemplo, tinha apostado que você chegaria para o jantar às oito horas, trinta e dois minutos e doze segundos, e foi o que aconteceu.) Pois bem, do mesmo modo também quis fazer uma previsão: você tomaria ou não o antídoto. Se previ que o tomaria, então pus a poção na massa da Sacher, e assim o antídoto não terá nenhum efeito colateral, e você não correrá risco. Com certeza não quero que você fique careca. Se, ao contrário, previ que você não tomaria o antídoto, então obviamente não pus a poção na torta: com certeza não quero que sua pele se cubra de pêlos verdes. Portanto, basta que você faça o que eu previ, e nada lhe acontecerá.

ELA E o que você previu?

ELE Isso eu não posso dizer.

ELA Mas então quem me garante que eu farei exatamente o que você previu?

ELE Este é o ponto. Não posso dizer mais nada: você precisa confiar na minha capacidade de previsão. E então? Toma ou não toma o antídoto?

ELA Farei... farei o que você fizer.

Não conseguimos saber o que os nossos dois personagens decidiram fazer. No entanto: o que conta é que ela tenha tomado a decisão correta, ainda que pouco autônoma. A Lógica também serve para isso: tomar o rumo certo sempre que os caminhos se bifurcam. Não por acaso Aristóteles concebia a Lógica como um autêntico organon, *um instrumento prático para a formulação do Raciocínio Correto, que afinal é o raciocínio que nos permite proceder da Verdade à Verdade (e não do Conhecido à Verdade) e nunca ao Falso. O que não significa que nessa atividade não se possa também duvidar das coisas mais simples ou afundar lentamente nas areias movediças do Paradoxo, como demonstra o caso da visita indesejável. Mas nos permitam dizer que a Lógica não é apenas uma prática. Ela também é uma teoria: teoria cujo objeto não coincide com o mundo Real, como no caso das outras teorias (a Física, assim como a Psicologia e a Sociologia), mas que aspira a abraçar o universo de todos os mundos Possíveis. A Lógica nos diz o que é Possível e o que não o é. E desse modo nos força a ampliar os nossos horizontes mentais, a superar o nosso provincianismo, a pensar livremente avan-*

çando além do Óbvio. Mas não é o caso de discutir abstratamente sobre tais vicissitudes. O fato é que a nossa história tem uma

CODA

em que finalmente se revela a verdadeira identidade do inefável Abelhudo, e se demonstra de uma vez por todas que, antes de adotar o entusiasmo pelo ensino da cultura Empresarial à Juventude, seria melhor propor uma sóbria e meticulosa revisão das leis da Lógica.

Ácido Universal

DE: DEPARTAMENTO DE PESQUISA E DESENVOLVIMENTO
PARA: TODOS OS DEPARTAMENTOS

Comunicamos que na data de hoje foi depositada a patente do Ácido Universal, um produto desenvolvido por nós nos últimos cinco anos, no qual a empresa investiu muitos recursos. Estamos felizes em anunciar que o produto passou por todos os testes. Corroeu todos os materiais naturais e sintéticos conhecidos e abriu buracos em todas as membranas existentes. Um produto que revoluciona todos os processos nos quais a corrosão é importante. Agora estamos passando para a fase de produção e gostaríamos que todos os departamentos das nossas filiais estivessem preparados para o lançamento, sobretudo o Departamento de Relações Públicas.

DE: DIREÇÃO
PARA: DEPARTAMENTO DE PESQUISA E DESENVOLVIMENTO

Congratulações pela patente!

DE: ABELHUDO
PARA: DIREÇÃO

Gostaria respeitosamente de observar que, antes de passar à fase de produção, é preciso examinar um problema técnico. Se o ácido é universal, como faremos para comercializá-lo? Porque, se ele é *realmente* universal, então corroerá tudo, inclusive qualquer invólucro que se pense em confeccionar para ele.

DE: DEPARTAMENTO DE PESQUISA E DESENVOLVIMENTO
PARA: TODOS OS DEPARTAMENTOS

Comunicamos que na data de hoje foi depositada a patente do Invólucro Universal, um produto desenvolvido por nós nos últimos cinco anos, no qual a empresa investiu muitos recursos. Estamos felizes em anunciar que o produto passou por todos os testes. Resistiu a todos os ácidos naturais e sintéticos conhecidos. Um produto que revoluciona todos os processos nos quais é importante evitar qualquer tipo de corrosão. Agora estamos passando para a fase de produção e gostaríamos que todos os departamentos das nossas filiais estivessem preparados para o lançamento, sobretudo o Departamento de Relações Públicas.

DE: DIREÇÃO
PARA: DEPARTAMENTO DE PESQUISA E DESENVOLVIMENTO

Ótimo! Assim também resolvemos o problema que a sra. Abelhudo mencionou em sua carta. Graças ao Invólucro Universal, poderemos criar embalagens adequadas para o Ácido Universal. Finalmente os vários grupos de trabalho da nossa empresa cooperam em um projeto coordenado!

DE: ABELHUDO
PARA: DIREÇÃO

Com todo o respeito, gostaria de observar que a nossa empresa não funciona assim tão bem quanto parece. Investimos no Ácido Universal e no Invólucro Universal, mas parece que nenhum dos profissionais que trabalharam no primeiro projeto sabia daqueles que trabalharam no segundo, e vice-versa. Pois bem, há um importante problema a ser resolvido antes que se produza ou comercialize qualquer coisa. Se o ácido é de fato universal, então corroerá tudo, até o invólucro, que portanto não pode ser universal. Porém, se o invólucro for mesmo universal, então ele não se deixará corroer por nada, nem pelo ácido, que assim deixará de ser universal. Creio que seja preciso escolher: não podemos produzir ambos sem trair as honestas expectativas de uma metade dos nossos clientes potenciais.

DE: DIREÇÃO
PARA: ABELHUDO

Gentil Abelhudo, estamos pensando seriamente na sua demissão sumária! Não podemos permitir que na nossa empresa se insinuem a suspeita e o derrotismo. Investimos muitos recursos e empregamos muitas pessoas nesses dois belos projetos, e não nos deixaremos desencorajar por um torneio lingüístico. Corroer, não corroer, universal, não universal: o público quer produtos claros, um ácido que corrói tudo, e um invólucro que não é corroído por nada. E nós lhe daremos ambas as coisas!

DE: ABELHUDO
PARA: DIREÇÃO

Respeitável Direção, não pretendo pôr em dúvida a experiência dos nossos pesquisadores nem a boa-fé do Departamento de Relações Públicas. Só estou cumprindo o meu papel de filósofa da empresa. E a questão que estamos discutindo não é de ciência nem de marketing, e sim de lógica. Ambos os projetos são em princípio realizáveis; mas em princípio é impossível realizar ambos.

Apêndice

Que a Leitora e o Leitor não se incomodem se alguns dos episódios aqui narrados pareceram pouco realistas: os nossos Personagens não sabem como obter o perdão por certas Estranhezas e invocam em sua defesa alguns Textos Clássicos e Modernos em cujas páginas se escondem os Pensamentos que eles foram chamados a representar à sua revelia. São os Filósofos listados a seguir: Matthew Slater por "Quarto 88", David Chalmers por "Sonífero Zumbi SPA*", Ned Block por "Reflexões", Christian List e Philip Pettit, junto aos já antigos marquês de Condorcet e Jean-Charles de Borda por "O que quer a maioria?". Agradece-se ainda a Diego Marconi, de quem é citada uma passagem em "Os novos satélites", embora o que chame a atenção seja uma distinção aristotélica. O simpático Vendedor da Revendedora Premiada Castoldi representa o filósofo Paul Grice. Pela redação de "Interessante!", estamos em grande débito com Andrea Borghini, que naquela circunstância atuou como a sra. Abelhudo. A Edwin Bechenbach devemos o argumento de que todos os números são interessantes, ao passo que entre os parágrafos de* "A auto-referência se explica por si" *incluem-se as* *doutrinas de Saul Kripke, Graham Priest, Steven Yablo, e no fundo também as de Giovanni Buridano. Ainda agradecemos a W. V. O. Quine e a Nicola Aimola por "Uma visita imprevisível" e a William Newcomb por "A torta enfeitiçada". Para concluir, a idéia de "Ácido Universal" se inspira numa metáfora de Daniel Dennett.*

Mas os Autores não farão silêncio sobre alguns Amigos que de várias maneiras aceitaram acompanhá-los na redação destas páginas: John Collins, Maurizio Ferraris, Philip Kitcher, Nico Pisanelli, Maurizio Giri e Goffredo Puccetti. Beatrice Biagini foi a Musa de Um dos dois autores, que espera vê-la Sorrir mais uma vez dos pequenos incidentes filosóficos. Musas do Outro foram Amelie, Florian e Friederike, assim como os inumeráveis Trens e Aviões que os mantiveram próximos.

Muitos dos contos apareceram em versões um tanto modificadas nas páginas do jornal La Stampa, *acompanhados das Ilustrações de Matteo Pericoli, a quem vai todo o nosso agradecimento, e com o benévolo apoio de Gianni Riotta, Marcello Sorgi, Cesare Martinetti, Alberto Papuzzi e Maurizio Assalto.*

Anna Gialluca foi generosa em conselhos e incentivos para a edição em forma de livro.

O texto "A auto-referência se explica por si" foi publicado numa primeira versão pela Rivista di Estetica *(v. 18, nº 3, 2001) e aqui reeditado pela gentil autorização de Rosenberg & Sellier Editores. Uma versão do conto "De um projeto inútil" saiu em inglês na revista* Philosophy *(v. 76, nº 298, 2001) e foi aqui reproduzida pela gentil autorização da Cambridge University Press.*

ESTA OBRA FOI COMPOSTA PELA SPRESS EM ELECTRA E IMPRESSA PELA GRÁFICA BARTIRA EM OFSETE SOBRE PAPEL PÓLEN BOLD DA SUZANO BAHIA SUL PARA A EDITORA SCHWARCZ EM NOVEMBRO DE 2005